어이쿠,
이놈의
양반
냄새

국어시간에

어이쿠, 이놈의 양반 냄새

초판 1쇄 펴낸날 · 2012년 8월 27일
초판 11쇄 펴낸날 · 2020년 6월 2일

풀어쓴이 · 이시백 | 그린이 · 최선경
기획 · <국어시간에 고전읽기> 기획위원회, 간텍스트
펴낸이 · 김종필 | 편집장 · 나익수

디자인 · 간텍스트 | 아트디렉터 · 조주연, 남정
디자이너 · 박경완, 홍지혜 | BI 디자인 · 김형건

종이 · (주)한솔PNS 강승우
출고, 반품 · (주)문화유통북스 박병례, 윤영매, 임금순

펴낸 곳 · (주)도서출판 나라말
출판등록 · 제25100-2017-000044호
주소 · 03421 서울시 은평구 연서로29 정라실크텔 603호
전화 · 02-332-1446 | 전송 · 0303-0943-3110
전자우편 · naramalbooks@hanmail.net

값 · 11,000원
ISBN 978-89-97981-02-1 44810
     978-89-97981-00-7(세트)

* 이 책의 국립중앙도서관 출판시도서목록(CIP)은 e-CIP홈페이지(http://www.nl.go.kr/ecip)와
국가자료공동목록시스템(http://www.nl.go.kr/kolisnet)에서 이용하실 수 있습니다.
(CIP제어번호: CIP2012003228)

* 잘못된 책은 바꾸어 드립니다.

어이쿠, 이놈의 양반 냄새

이시백 풀어씀 ― 최선경 그림

나라말

〈국어시간에 고전읽기〉를 펴내며

　『춘향전』은 '어사출두요!' 하는 장면. 『구운몽』은 성진이 꿈에서 깨어나는 장면.

　거기서 끝이 나 버린다. 교과서는 지면의 한계가 있고 수업은 진도에 쫓기다 보니 국어 시간에 읽는 고전은 그렇게 끝나 버리는 경우가 많았다. 춘향이를 보고 첫눈에 반한 이몽룡이 얼마나 안절부절못했는지, 한양으로 떠나는 이몽룡을 붙들고 춘향이가 얼마나 서럽게 울었는지 모른 채 『춘향전』의 주제는 '신분을 초월한 사랑을 통해 드러나는 인간 해방 사상'이라고 가르치고 배웠다. 내가 성진이 되어 양소유로 환생한다면 어떤 근사한 삶을 살아 보고 싶은지 상상의 나래를 펼쳐 볼 기회도 없이 『구운몽』은 '몽유 구조라는 전통적인 액자 형식'으로 되어 있다고 가르치고 배웠다.

　이제는 국어 시간에 제대로 고전을 읽어 볼 수 있었으면 좋겠다. 제대로 읽으려면 어떻게 해야 할까? 낯설고 어려운 옛말을 현대어로 풀이하고 밑줄을 그으며 분석하는 데만 골몰할 것이 아니라, 먼저 이야기 자체에 푹 빠져 보는 것이다. 고전은 오랫동안 많은 사람들에게 감명을 주며 오늘날까지 전해져 온 유산이기에 시간과 공간을 초월하여 즐거움과 깨달음을 전해 주는 보편성을 가지고 있다. 한편으로는 오늘날의 삶이 아닌 과거의 삶에서 피어난 이야기이기에 현대인이 경험해 보지 못한 새로운 세계를 펼쳐 보여 주는 특수성도 가지고 있다. 그러므로 고전은 어렵고 낯설고 지루한 것이 아니라, 즐겁고 신선하고 지혜로 가득 찬 것이라 할 수 있다.

대문호 셰익스피어의 작품들은 영국의 고전을 넘어서서 세계의 고전으로 칭송받고 있다. 영국에서는 그런 셰익스피어의 작품들이 널리 읽힐 수 있도록 옛말로 쓰인 원작을 청소년들이 읽을 수 있는 쉬운 현대어로, 어린 아이도 읽을 수 있는 아주 쉬운 동화로 거듭 번역해서 내놓는다. 그리하여 셰익스피어의 작품들은 책이나 연극으로는 물론 만화로도, 영화로도, 드라마로도 계속해서 다시 태어나고 있다.

그런 희망을 담아 〈국어시간에 고전읽기〉를 펴낸다. 우리 고전을 사랑하는 사람들의 손을 거쳐 벌써 여러 작품이 새롭게 태어났다. 고전의 품위를 훼손하지 않으면서도 청소년들이 어렵지 않게 이해할 수 있는 말을 골라 옮겼고, 딱딱한 고전이 아니라 한 편의 아름다운 이야기로 독자들에게 다가가기 위해 새로운 제목을 붙였으며, 그 속에 녹아 있는 감성을 한층 더 생생하게 전할 수 있도록 정성스러운 그림들로 곱게 꾸몄다. 또한 고전의 세계를 여행하는 데 도움을 줄 '이야기 속 이야기'도 덧붙였다.

〈국어시간에 고전읽기〉와 함께 국어 시간이 고전의 바다에 풍덩 빠져 진주를 건져 올리는 시간이 되기를 바란다.

〈국어시간에 고전읽기〉 기획위원회

『박지원의 한문 소설』을 읽기 전에

'요즘 나오는 책도 읽기 바쁜데 어째서 옛글을 읽어야 할까.'

이런 생각을 하는 친구들이 많을 줄 압니다. 그러나 오랜 시간을 두고 많은 사람들이 읽어 온 옛글에는 삶에 관한 깊은 지혜가 담겨 있고, 요즘은 만나기 어려운 전통문화와 풍속들이 들어 있습니다. 오래된 장이 진한 맛을 내듯, 옛글에 담긴 지혜와 문화는 그윽하고 깊이 있는 깨달음을 줍니다.

우리 옛글 가운데서도 연암 박지원의 한문 소설을 읽는 즐거움은 별나다 하겠습니다. 그 시대 지식인들이 흔히 옛날 중국의 성현들의 가르침을 풀이하거나, 그것에 기대거나 잇대어 글을 쓰는 데 만족하던 것과 달리, 연암의 글에는 자기 시대 자기 삶의 터전에서 터져 나오는 삶의 목소리들이 낭자하니 담겨 있습니다. 박지원은, 참다운 인생살이는 먼지 덮인 책장 속에 있는 것이 아니라, 시끌벅적한 저잣거리에서 굴비 두름을 놓고 침 튀겨 가며 흥정하는 장꾼들의 세계에 또 여염집 사랑방에 모여 노닥거리며 이야기꽃을 피우는 속에 오롯이 들어 있다고 믿었습니다.

글이란 고상한 양반들만이 나누는 특권이라 여기거나 오로지 벼슬길로 나아갈 방편으로만 삼던 당시의 지식인 사회에서 박지원의 글들은, 등덜미에 든 가시처럼 여간 거북하고 당돌하며 망측한 것이 아니었습니다. 양반들은 저잣거리의 장사치나 역관들의 수다 같은 소리를 붓으로 적어 내려간 박지원의 글들을 손가락질하거나 외면하기 일쑤였습니다. 그러나 박지원이 남긴 한문 소설들은, 시대를 넘어 지금 우리한테까지 도달해서 그 시절의 목소리와 풍경을 생생하게 들려주고 보여주고 있습니다.

박지원의 한문 소설은 흔히들 열 편이라고들 합니다. 『연암집』 '방경각외전'에 실린 일곱 편과 『열하일기』에 들어 있는 글 가운데 두 편, 그리고 경상도 안의 현감을 하면서 쓴 것 한 편을 합하여 센 것입니다. 「역학대도전」과 「봉산학자전」이라는 글도 썼다고 하는데 전하지 않습니다. 이 책에서는 '방경각외전'에 들어 있는 글 중, 장돌뱅이 세 사람이 우정이란 무엇인지를 놓고 벌이는 토론담인 「마장전」과 우상 이언진의 삶과 한시 작품을 설명하는 「우상전」은 싣지 않습니다. 그런가 하면, 『열하일기』 '옥갑야화'에 든 재미난 이야기들은 되도록 여러 편을 골라서 실었습니다.

이 책을 새로 엮으면서, 무엇보다 박지원 특유의 풍자가 담긴 문체를 살리는 한편, 요즘 친구들이 읽기 쉽게 고쳐 쓰려고 애썼습니다. 모쪼록 재미나게 읽되, 글 뒤에 숨어 있는 지은이의 의도와 당시 시대상을 짐작해 가며 읽기 바랍니다. 한 마디 한 마디에 뒤틀고 에둘러 쓴 글에 풍덩 빠져서 그 즐겁고 오묘한 뜻을 더듬어 찾는 것이야말로 박지원의 옛글을 읽는 또 다른 즐거움이 아닐까 생각합니다.

2012년 여름 문턱에 이시백

이야기 차례

●●● 〈국어시간에 고전읽기〉에는 이야기의 재미와 이해를 돕기 위한
'이야기 속 이야기'가 함께합니다.

볕이 뜨거우면 일산으로 가리고 다녀 **귀**가 허옇고,

설렁줄 당겨 아랫것들 불러 일 시키니

배에 살이 올라 불 룩 하 구 나.

가난한 선비로 시골서 살아도 제 멋 대 로 다 할 수 있으니,
이웃집 소로 우리 밭 먼저 갈고,
일꾼 뺏어다가 내 논의 김을 매도,

누가 감히 불 평 하 겠 는 가.

"평소에 그렇게도 글을 잘 읽더니만
빌린 쌀 갚는 데에는 아무 쓸모가 없구려. 쯧!
그놈의 양반, 어이구, 한푼도 못 되는 구려."

"그럼, 나더러
        도적 놈이 되라는 말씀입니까?
그 만 두 시 오."

거지 광문이

아침나절에

콧노래를 부르다

광문자전

길을 가다가 싸우는 사람을 보면 웃을
벗어부치고 싸움판에 끼어들어서 무어라
더듬더듬 떠들며 땅에다 금을 긋는 시늉을
했는데, 그 모양이 꼭 잘못을 따지기라도
하는 듯 엉뚱하고 우스워서 보는 사람마다
웃음을 터뜨리니, 싸우던 사람들마저 웃고
떠드느라 싸움이 흐지부지되었다.

광문은 거지다.

광문은 어려서부터 종로 거리에서 빌어먹고 살았는데, 거지 아이들이 그를 우두머리로 삼아 소굴을 지키게 했다.

어느 춥고 눈이 펑펑 내리는 겨울날이었다. 거지 아이들은 모두 동냥질을 하러 나가고 광문이가 병을 앓는 아이와 남아 있었다. 아픈 아이가 점점 병이 심해져서 오들오들 떨며 끙끙 앓는 소리를 내는 게 여간 딱하지 않았다. 광문이 보다 못해 밥이라도 얻어다 먹이려고 나갔다가 돌아와 보니 아이가 죽어 있었다. 뒤늦게 돌아온 아이들은 광문이가 그 아이를 죽였다고 생각하고는 우르르 달려들어 마구 때리고는 쫓아냈다.

캄캄한 밤중에 광문이 엉금엉금 기어서 어느 집으로 들어가는데

개가 몹시 짖었다. 개 짖는 소리에 나온 집주인이 도둑인 줄 알고 광문을 잡아서 꽁꽁 묶었다.

"저는 도둑이 아니에요. 저를 죽이려는 아이들을 피해 도망 온 것입니다. 정 믿지 못하겠다면 날이 밝는 대로 거리에 나가 알아보시면 되잖아요."

하는 말이 퍽 순진하므로 집주인이 광문을 풀어 주었다. 광문이 고맙다고 인사를 하고는 주인에게 거적 한 장을 달라고 부탁했다. 거적을 얻어 들고 광문이 밖에 나가는 것을 이상히 여겨 주인이 몰래 뒤를 밟았다. 한참 가다 보니 거지 아이들이 시체 하나를 끌고 와서 수표교 다리 밑으로 던져 버리는 것이다. 거지 아이들이 떠나자 다리 뒤에 숨어서 보고 있던 광문이 달려가 그 시체를 거적으로 둘둘 쌌다. 그러고는 서문 밖의 묘지로 메고 가서 묻어 주고는 슬피 우는 것이었다.

집주인이 광문을 붙들고 어떻게 된 일이냐고 묻자, 광문이 그제야 지난 일을 모두 털어놓았다.

집주인은 광문이 의리 있는 사람이라고 여겨 제 집으로 데리고 가 새 옷을 입히고 대접을 잘 해 주었다. 그리고 약방을 하는 부잣집에 심부름꾼으로 취직을 시켜 주었다.

※ 수표교(水標橋) ― 조선 세종 때 청계천에 놓은 돌다리. 홍수 때 물이 얼마나 차오르는지 재기 위해 눈금, 곧 수표(水標)를 새겨 두었으므로 이렇게 부른다.

　광문이 약방에 나가고 얼마쯤 지난 어느 날이었다. 약방 주인인 부자가 집을 나서다가 자꾸 뒤를 돌아보다가는 도로 방으로 들어가 자물쇠를 몇 번이나 살펴보는 것이었다. 무언가 미심스러운 눈치였다. 밖에서 돌아와서도 부자는 휘둥그레진 눈으로 광문을 살펴보며 무슨 말을 하려다가 그만두었다. 광문은 무슨 영문인지 몰라 답답했지만 당장 일을 그만둘 형편도 못 되었다.

　며칠 후 부자의 처갓집 조카가 돈 꾸러미를 가져와서는 부자에게 말했다.

　"요전번에 돈을 빌리러 왔는데 안 계시길래 제가 아저씨 방에 들어가 돈을 그냥 꺼내 가져갔습니다. 아저씨는 모르고 계셨지요?"

그제야 부자는 광문에게 미안해하며 진심으로 사과를 했다.

"내가 참 소인배였네. 돈이 없어져서 자네를 의심했지 뭔가. 자네 볼 낯이 없네. 미안하네."

이때부터 부자는 주변의 아는 사람들과 부자들이며 큰 장사꾼들에게 광문이가 신의가 있는 사람이라고 입에 침이 마르도록 칭찬했다. 그뿐 아니라 왕의 친척집이나 높은 벼슬아치 집안을 드나드는 식객들에게도 광문의 일을 이야기하고 다녔다. 그 사람들은 밤마다 자기가 머무는 집주인들에게 재미난 이야기를 들려주는 일을 하는지라, 그들 귀에 들어갔으니 두어 달 만에 웬만한 높은 양반들까지도 광문에 관해 다 알게 되었다. 얼마 지나지 않아 광문이라는 참 희한한 사람이 있다는 소문이 널리널리 퍼졌다. 사람들은 광문을 후히 대접한 주인도 사람 볼 줄 아는 사람이라고 칭찬을 하는 바람에 약방 부자까지 점잖은 사람이라는 평판을 얻게 되었다.

그 당시에는 돈놀이하는 사람들이 비녀나 패물, 값나가는 옷이나 그릇붙이, 집이나 논밭 문서, 노비 문서처럼 돈이 될 만한 것들을 저당물로 잡고 돈을 꾸어 주었지만, 광문이가 보증을 서면 아무것도 묻지 않고 그저 말 한마디로 천 냥 돈을 빌려 주었다.

광문은 얼굴이 참 못생겼고, 말주변도 없었다. 두 주먹이 들락거릴 만큼 큰 입에 그저 만석중놀이를 잘하고 곱사춤을 제법 추는 정도였

※ **만석중놀이** — 초파일에 즐기던 놀이로, 인형극놀이이다.

다. 장안의 건달패들이 서로 놀
릴 적에 "너 달문이 동생이
지?" 하며 약을 올릴 지경
이었다. 달문이는 광문
의 별명이었다. 광문은
길을 가다가 싸우는 사
람을 보면 옷을 벗어부
치고 싸움판에 끼어들어
서 무어라 더듬더듬 떠들
며 땅에다 금을 긋는 시늉을
했는데, 그 모양이 꼭 잘못을
따지기라도 하는 듯 엉뚱하고 우스
워서 보는 사람마다 웃음을 터뜨리니, 싸
우던 사람들마저 웃고 떠드느라 싸움이 흐지부지되었다.

　　광문은 마흔이 되도록 장가를 못 가 머리를 땋고 다녔다. 장가 좀
가라고 하면 이렇게 말했다.

　　"남자고 여자고 할 것 없이 다들 잘생긴 사람만 좋아하는 세상인
데, 누구더러 이 못생긴 얼굴을 바라보고 살라 합니까? 영 염치없는
일이지요."

　　누가 집이라도 장만해 보라고 하면 이렇게 대꾸했다.

　　"부모형제며 처자식도 없는데 집이 무슨 소용인가요? 아침나절
에 콧노래를 부르며 거리를 돌아다니다가 해가 지면 아무 집에나 들

어가서 자면 되지요. 한양에만도 집이 팔만 채라 합디다. 하루에 한 집씩 얻어 자도 내 생전에 다 못 돌지요."

장안에서 제아무리 얌전하고 예쁘다고 소문난 기생이라 해도 광문이 소문을 내 주지 않으면 한 푼도 값어치가 없었다. 어느 날 궁궐을 호위하는 우림위 군사들과 대궐의 별감들이며 부마도위 집 하인들이 한데 어울려 기생 운심이를 찾아갔다. 운심이는 이름난 기생이어서 콧대가 높았다. 술상을 차려 놓고 가야금을 뜯으며 춤을 청해도 머뭇거리기만 할 뿐 선뜻 춤을 추려 들지 않았다.

그러다 밤이 되어 광문이가 운심이를 찾아와 한참 마루 아래서 서성거리더니만 불쑥 마루로 올라가 윗자리에 앉는 것이었다. 광문은 다 떨어진 옷을 입고 있었지만 조금도 꺼리는 바가 없이 당당하기만 했다. 눈가에는 눈곱이 끼고 술에 취하여 게트림을 하며 곱슬머리를 땋아 뒤통수에 붙인 꼴이 참말로 볼만했다.

그 자리에 있던 사람들이 어이가 없어 광문을 혼내 주려고 서로 눈짓을 주고받는데, 광문이 무릎을 쳐 가며 장단 맞추어 콧노래를 부르기 시작했다. 그제야 운심이도 일어나서 옷매무시를 가다듬고 칼춤을 한바탕 추었다. 그러자 모인 사람들이 모두 흥이 나서 즐겁게 어울려 놀았으며 앞으로 광문이와 잘 지내자고 약속들을 하고 헤어

※ 우림위(羽林衛) ― 궁궐을 호위하던 금군의 하나. 서얼 출신만으로 편성되었다.
※ 부마도위 ― 임금의 사위.

졌다.

광문의 이야기 뒤에 붙여 쓴다.

내가 열여덟 살 무렵에 병을 몹시 앓았다. 밤마다 하인들을 불러 세상에 떠돌아다니는 이야기를 해 보라고 했다. 그들 대부분이 광문에 관해 이야기를 들려주었다. 나도 어려서 광문의 얼굴을 한 번 본 적이 있는데 과연 그는 못생겼다. 그때 나는 글짓기를 공부하고 있던 터라, 광문이 이야기를 글로 지어 어른들께 보여 드렸더니 잘 썼다고 칭찬을 듬뿍 해 주셨다.

그 당시 광문은 충청도와 경상도의 고을들을 이리저리 떠돌아다니는 중이었다. 그는 가는 곳마다 소문이 자자했는데, 한양에 올라오지 않은 지가 벌써 수십 년이 되었다.

떠돌이 거지 아이 하나가 개령 수다사에 얻어먹으러 들어왔다. 밤마다 중들이 모여 광문의 이야기를 나누는데, 하나같이 광문을 흠모하며 만나 보지 못한 것을 안타까워했다. 그런데 곁에서 듣고 있던 거지 아이가 갑자기 울음을 터뜨렸다. 왜 그러느냐고 묻자, 거지 아이는 울먹이며 제가 광문의 아들이라고 했다. 그 말을 듣고 깜짝 놀란 중들은 거지 아이에게 그전에는 바가지에다 밥을 담아 주다가 이제는 깨끗이 닦은 사발에 밥을 담아 수저를 놓고 반찬과 나물을 곁들여 소반에 차려 주게 되었다.

이 무렵 경상도 지방에 역적질을 꾸미는 사람이 있었다. 그 사람이 거지 아이가 융숭한 대접을 받는다는 이야기를 전해 듣고는 그 아이를 이용해 사람들을 속이려고 마음먹었다. 그래서 몰래 거지 아이를 찾아가 꼬드겼다.

"나를 작은아버지라고 불러라. 그리하면 좋은 수가 생길 것이다."

그렇게 그 사람은 광문의 아우 행세를 하면서 이름도 돌림자에 맞추어 광손이라고 했다. 몇몇이 광문은 제 성도 모르고 형제나 처자도 없었는데 어디서 난데없이 아우와 아들이 나왔느냐고 이상하게 여겨서 관가에 고발했다. 관가에서 광문의 아우와 아들이라는 사람을 잡아들여 광문과 마주 앉히고 심문을 하였더니, 서로 얼굴도 모르는 사이임이 밝혀졌다. 아우라고 속인 사람은 목을 베고 거지 아이는 먼 시골로 귀양을 보내 버렸다.

광문이가 풀려나자 늙은이 젊은이 할 것 없이 모두 찾아가 구경을 하는 바람에 한양은 며칠 동안 텅 비다시피 했다.

어느 날 광문이 길을 가다 표철주를 만났다.

"네가 사람 잘 치던 표 망둥이 아니냐? 이제는 너도 늙어서 기운을 못 쓰겠구나."

망둥이는 표철주의 별명이었다. 두 사람은 서로 지내 온 이야기를 나누며 반가워했다.

"영성군과 풍원군은 모두 평안들 하신가?"

※ 개령(開寧) 수다사(水多寺) — 개령은 지금의 경북 김천.
※ 표철주(表鐵柱) — 검계에 속한 인물. 검계는 폭력배 조직.
※ 영성군(靈城君)과 풍원군(豐原君) — 영성군은 박문수(1691~1756), 풍원군은 조현명(1690~1752).

"벌써 다 세상 떠났네."

"김경방이는 지금 무슨 벼슬을 하고 있나?"

"용호장이라네."

"그녀석이 아주 미남이었지. 몸은 뚱뚱해도 기생을 안고 담을 훌쩍 뛰어넘곤 했지. 돈을 똥이나 흙덩이처럼 여기며 펑펑 썼는데, 이제는 귀한 자리에 올랐다니 만나 보지도 못하겠네. 그래, 분단이는 어디 있나?"

"벌써 죽었네."

광문이 한숨을 지으며 말했다.

"옛날에 풍원군이 밤에 기린각에서 잔치를 벌이고 나서 분단이만 남겨서 함께 잔 적이 있었네. 새벽에 일어나 대궐로 들어갈 채비를 하는데 분단이가 촛불을 잡다가 그만 잘못해서 담비가죽 모자를 태워 먹었지 뭔가. 분단이가 황송해서 어쩔 줄 몰라 하니까, 풍원군이 껄껄 웃으면서 '네가 부끄러운가 보구나.' 하며 압수전 오천 푼(50냥)을 턱 내주더란 말이야. 나는 그때 분단이의 머릿수건과 덧치마를 들고 난간 아래에 서 있었는데, 아마 시꺼먼 게 귀신처럼 보였나 봐. 풍원군이 창문을 열고 침을 탁 뱉다 말고 '저기 시커먼 게 무어냐?'고 분단이에게 귓속말로 묻는 거야. 분단이가 '천하의 광문이를 모르는 사람도 있습니까?' 하니 풍원군이 껄껄 웃으면서 '네 기둥서방이로구나. 이리 불러 들여라.' 하는 게 아닌가. 그리고는 커다란 잔으로 술을 한 잔 따라주고 자기도 감홍로를 일곱 잔이나 연거푸 마시더니 초헌을 타고 가대. 이제 다 옛이야기가 되고 말았네그려. 요즘 장안의 어린 기생으로는 누가 제일 유명한가?"

"작은아기라네."

"조방꾼은 누군가?"

"최박만일세."

"아침나절에 상고당에서 사람을 보내어 안부를 물어 왔네. 둥구재 아래로 이사를 갔다지? 대청 앞에 벽오동을 심어 놓고 그 아래에서 손수 차를 달이면서 쇠돌이에게 거문고를 뜯게 한다더구먼."

"아무렴. 쇠돌이 형제가 한창이라네."

"그래? 그 아이들이 김정칠이 아들 아닌가. 내가 그들 애비와 가깝게 지내던 사이였다네."

광문이 서글픈 기색으로 있다가 한참 만에 다시 말을 이었다.

"내가 떠난 뒤로 세월이 많이 흐르고 일들도 많았구려."

머리숱이 눈에 띄게 줄었지만 그래도 쥐꼬리만 하게 땋아 늘였는데 입도 이가 빠지고 오므라들어서 전처럼 주먹이 들락거릴 수 없게 되었다.

※ 용호장(龍虎將) — 임금을 호위하고 궁궐을 지키는 용호영(龍虎營)의 정삼품 벼슬.

※ 압수전(壓羞錢) — 기녀에게 부끄러움을 달래 주느라고 주는 돈.

※ 감홍로(甘紅露) — 지치 뿌리와 꿀을 넣어서 담근 붉은색 소주. 평양 지방 특산물.

※ 초헌(軺軒) — 종이품 이상의 벼슬아치가 타는 수레.

※ 조방꾼 — 창루 곧 기방에서 남녀 사이의 일을 주선하고 잔심부름을 하는 사람.

※ 상고당(尙古堂) — 김광수(金光遂). 군수를 역임했으나, 예술가로 이름이 높았다. 서화에 뛰어났으며 고서화의 수집가로 감식안이 높았다 한다.

※ 쇠돌이 — 거문고 명인 김철석(金哲石).

광문이 표철주에게 다시 물었다.

"자네도 늙었는데 어떻게 먹고사나?"

"살기가 어려워 집주릅 노릇을 하고 사네."

"자네가 이제야 가난을 면하려는가 보네만 얼마나 오래 갈까. 예전에는 자네 집 재산이 수만금이어서 자네를 '황금투구'라고 불렀는데 그 투구는 어디에 벗어 두었나?"

"이제 나도 세상 돌아가는 것을 안다네."

광문이 웃으면서 말했다.

"자네야말로 재주 배우고 나니 눈이 어두워진 격일세그려."

그 후로 광문이 어떻게 되었는지 아는 이가 없다 한다.

※ **집주릅** — 집 흥정 붙이는 사람.

똥 치는 선생님
더러운 가운데도

더럽지
않은 것이 있나니

예덕선생전

엄 행수가 똥거름을 나르며 먹고사는 것이
더럽다 할지 모르지만 그 사람의 삶은
지극히 향기로우며, 그가 지저분한 곳에서
일한다지만 의리를 지키는 점은 지극히
고결하다 하겠네. 마음속에 도둑질할 마음이
전혀 없는 사람이라고 생각하네. 이런 마음을
더 키워 나가면 성인도 될 수 있을 걸세.

선귤자에게 '예덕선생'이라는 벗이 있었다.

예덕선생은 종본탑 동쪽에 사는데, 마을에서 똥을 쳐내는 일을 했다. 마을 사람들은 그냥 엄 행수라고 불렀다. 엄(嚴)은 그의 성이고, '행수'란 막일 하는 노인을 부르는 말이다.

어느 날 선귤자 선생의 제자인 자목이 물었다.

"전에 선생님께서 '벗이란 함께 살지 않는 아내요, 핏줄을 나누지 않은 형제와 같다.'고 말씀하셨습니다. 벗이 그처럼 소중하다는 것을 알게 되었지요. 요즘 잘나가는 양반들이 선생님을 가까이 모시며 배우고 싶어 안달을 내지만 상대도 않으셨지요. 그런데 선생님께서 가까이 지내는 엄 행수란 이는 천한 막일꾼이라 마주하기도 부끄러운 사람입니다. 그 사람더러 선생이라고까지 부르며 덕을 칭송하여 벗으로 사귀시려 하시니 제 얼굴이 다 뜨거울 지경입니다. 저는 선생님 곁을 떠날까 합니다."

선귤자가 웃으면서 말했다.

"거기 앉게. 자네에게 벗에 관해 이야기를 해 줌세. 의원이 제 병을 못 고치고 무당이 제 굿을 못한다는 속담도 있지 않던가. 사람들은 다들 자기 잘난 것을 남들이 알아주기를 바라지. 영 몰라주면 답답해서 그만, '제 허물을 좀 말해 주십시오.' 하며, 슬쩍 돌려서 부탁한다네. 이런 부탁을 듣고 말을 해줄 때, 마냥 칭찬만 해 주면 아첨하는 것 같아 멋대가리가 없고, 그렇다고 타박만 하면 흉보는 것 같아 무정한 사람이라는 소리를 듣네. 그럴 때 듣기 좋게 허물도 대강 얼버무려 말하지. 아무리 속으로는 크게 꾸짖고 싶은 뜻이 있다 해도 대강 얼버무려 놓았으니 듣는 이도 뭐 화를 내지 않을 것이야. 정말 꺼리는 것을 건드린 게 아니기 때문이네.

그러다가 숨겨 놓은 물건을 알아맞히듯이 슬쩍 그가 자랑하고 싶었던 것을 추어올려 주면, 상대는 가려운 데를 긁어 준 것처럼 감격할 걸세. 그런데 가려운 데를 긁어 주는 데에도 비결이 있네. 등을 두

―――――――――――

※ 선귤자(蟬橘子) ― 조선 후기의 실학자 이덕무(李德懋, 1741~1793)의 호 가운데 하나.
※ 예덕선생 ― 똥 치는 일을 하는 사람을 높여 이르는 말. 예덕(穢德)을 풀면, 더러움이라는 뜻의 예(穢)와 높은 수양을 뜻하는 덕(德) 자를 나란히 썼다.
※ 종본탑(宗本塔) ― 지금의 서울 종로 탑골공원 원각사지에 있는 석탑.
※ 자목(子牧) ― 이정구(李鼎九, 1756~1783). 이서구의 사촌동생이며, 이덕무의 제자이다.

드려 줄 때에도 겨드랑이 근처는 가까이 가지 말고, 가슴을 어루만져 줄 때에도 목을 건드리지는 말아야 하네. 이처럼 칭찬 같지 않은 듯 칭찬을 해 주면, 틀림없이 자기를 알아주는 이를 만났다고 왈칵 손목을 잡으며 기뻐할 것이네. 그래, 자네는 이런 식으로 벗을 사귀면 좋겠는가?"

제자 자목이 손으로 귀를 막고 물러나 앉으며 말하였다.

"지금 선생님께서는 저보고 시장 바닥 잡놈들이나 집안 종놈들이 하는 짓거리를 하라시는 겁니까?"

선귤자가 말했다.

"그리 말하는 걸 보니 자네도 남에게 아첨하는 것은 부끄럽게 여기나 보구먼. 대체로 요즘 사람들은 잇속으로 벗을 사귀고, 얼굴을 맞대면 아첨하는 걸로 서로 사귀지 않던가. 그래서 아무리 친한 사이라도 세 번이나 손을 벌려서 부탁을 하면 멀어지게 되고, 아무리 원수 같은 사이라 해도 세 번 주어서 친해지지 않을 사람이 없는 법이라네. 그렇기 때문에 벗을 잇속으로 사귀면 지속되기 어렵고, 아첨으로 사귀어도 오래가지 못하는 법일세.

꼭 얼굴을 마주하고 만나야 좋은 벗을 사귀는 것도 아니고, 가까이에서 친하게 지내야만 하는 것도 아닐세. 오직 마음으로 벗을 사귀고 인격으로 벗을 찾아야만 도덕과 의리로 사귀는 것이라 하겠네. 이렇게 도의로 사귀면 천 년 전의 옛사람과도 벗이 될 수 있고, 만 리를 떨어져 살아도 늘 가깝게 느껴진다네.

저 엄 행수란 분은 자기를 알아 달라고 하지 않았지만 나는 늘 그

를 칭송하고 싶어 못 견디게 되었네. 그는 음식도 가리지 않고
뭐든 꿀떡꿀떡 잘 먹고, 길을 걸을 때에도 서두르지 않고 어
청어청 걸으며, 잠을 잘 때에는 모든 걸 잊고 쿨쿨 자고,
웃음이 나면 껄껄 웃고, 가만히 있을 때에는 그저 바보
처럼 보인다네. 흙담을 쌓고 지붕은 풀로 덮은 움막집
에 조그만 구멍 하나 뚫어 놓은 데 사는데, 새우처럼
등을 구부리고 그리 들어가서는 개처럼 웅크리고
잠을 자지만, 아침이면 개운하게 일어나 삼태기
를 지고 마을로 내려가 똥을 친다네.
　구월에 서리가 내리고 시월에 살얼음이

잡히면, 뒷간에서 사람똥, 마굿간 말똥, 외양간 소똥, 집안 구석구석에서 닭똥, 개똥, 거위똥, 돼지우리에서 돼지똥, 비둘기똥, 토끼똥, 참새똥까지 똥이란 똥은 모조리 귀한 보물처럼 걸터듬어 모은다 해도 누가 그더러 염치없다고 손가락질하겠나. 그 똥으로 혼자 이를 남겨 먹는다 해서 의리 없다고 말할 사람도 없고, 똥이란 똥을 모두 긁어모아도 욕심 많다고 손가락질할 사람도 없다네.

　손바닥에 침을 탁 뱉어 삽을 집어 들고 새가 모이를 쪼듯 허리를 구부려 일에만 매달릴 뿐, 그는 잘 차려입기를 바라지도 않고 노래 부르며 노는 것도 즐기지 않는다네. 부귀영화를 바라지 않을 사람 없을지 모르지만, 원한다고 누구나 얻는 것도 아니니 애초부터 부러워하지 않는 것일세. 이런 분을 칭송한다고 해서 더 영예로워질 것도 없고 헐뜯는다고 해서 내게 욕될 것도 없네그려.

　왕십리의 무, 살곶이의 순무, 석교의 가지나 오이, 참외, 호박이며 연희궁의 고추, 마늘, 부추, 파, 그리고 염교와 청파의 미나리, 이태인의 토란이 그냥 생기는 게 아니라네. 아무리 좋은 밭에 정성껏 씨 뿌리고 가꾼다 해도 엄 행수가 가져다주는 똥거름을 써야 밭이 걸쭉해져서 농사가 잘 되는 것이라네. 그래야 한 해 육천 냥 돈이라도 벌어들이게 되는 것일세.

※ **살곶이 ~ 이태인** — 살곶이는 서울의 뚝섬이고, 석교는 석관동, 연희궁은 연희동, 청파는 청파동, 이태인은 이태원.

그런데 그는 아침에 밥 한 사발만 먹으면 충분하고 저녁에 또 한 사발을 먹으면 그만이네. 누가 고기를 좀 먹으라고 권해도, 목구멍 넘어가면 고기반찬이나 나물반찬이나 배 채우기는 마찬가진데 맛은 따져 뭐 하느냐고 마네. 옷이라도 보기 좋게 차려입으라 하면, 소매가 넓은 옷은 공연히 일하는 데에 거추장스럽기만 하고 새 옷을 입으면 거름을 지고 다닐 수 없다고 마다하네.

해마다 설날이 되어서야 이른 아침에 잠깐 의관을 갖춰 입고 이웃을 찾아다니며 두루 세배를 한다네. 그러고는 집에 돌아오자마자 헌옷을 도로 꺼내 입고 삼태기를 메고 마을로 들어간다네. 이런 엄 행수 같은 분이야말로 더러운 막일로 자신의 덕을 숨긴 채 세속에 숨어 사는 큰 인물이 아니겠는가.

『중용』에 이르기를 '부귀를 타고나면 부귀하게 지내고, 빈천하게 타고나면 빈천한 대로 지낸다.'라고 했으니 사람의 팔자는 하늘이 이미 정해 놓은 것 아니겠는가. 또 『시경』에서 이르기를 '이른 새벽부터 늦은 밤까지 공무를 보느라 다 같이 열심히 일한다 해도 사람마다 운이 똑같지는 않다.' 했으니, 운이니 복이니 하는 것은 사람마다 다르게 정해져 있다는 말이네. 사람들이 세상에 태어날 때 각자 정해진 운명이 있으니 복이 없다 해서 그걸 누구에게 원망하겠는가. 사람의 마음이란 새우젓을 먹게 되면 달걀찜이 먹고 싶고, 베옷을 입게 되면 모시옷이 탐나게 되는 것일세. 이런 욕심 때문에 세상이 어지러워져 사람들이 들고 일어나게 되고 전란으로 농토가 황폐하게도 되는 것이네.

진승이나 오광이나 항적 같은 무리가 농사짓는 걸로 만족하며 살아갈 사람들이었겠는가. 『주역』에 이르기를, '짐을 짊어진 사람이 수레에 앉으니 스스로 도적을 불러들인다.'라고 한 것이 이를 두고 한 말이네. 그러니 분수에 맞지 않게 살면 아무리 높은 벼슬에 오른다 해도 더러운 것이요, 힘들이지 않고 거저 재물을 얻어 부자가 된다고 해도 그 이름에서 썩는 냄새가 아니 날 수 없는 법일세. 그래서 사람이 죽으면 입 속에 구슬을 넣어 주어 평생 깨끗이 살았음을 칭송하는 것이네.

　　엄 행수가 똥거름을 나르며 먹고사는 것이 더럽다 할지 모르지만 그 사람의 삶은 지극히 향기로우며, 그가 지저분한 곳에서 일한다지만 의리를 지키는 점은 지극히 고결하다 하겠네. 그런 뜻을 생각해 보면 아무리 높은 벼슬을 준다 해도 그를 마음대로 움직일 수는 없을 걸세.

　　이런 것을 보면, 깨끗한 가운데서도 깨끗하지 못한 것이 있고, 더러운 가운데도 더럽지 않은 것이 있다는 말이네. 내가 먹고사는 일에 어려움이 있을 때마다 나보다 못한 사람들을 생각하며 견뎠는데, 엄

※ **진승이나 오광이나 항적** — 진승(陳勝)과 오광(吳廣)은 진(秦)나라 때 농민 봉기를 일으킨 사람이고, 항적(項籍)은 항우이다.
※ **짐을 짊어진 사람이 수레에 앉으니 스스로 도적을 불러들인다** — 짐을 지고 가는 사람이라면 수레를 탈 수가 없는 사람일 텐데, 그런 자가 분수에 맞지 않게 수레에 올라앉았으니, 도적을 부르는 꼴이라는 뜻이다.

행수를 생각하면 어떤 어려움이라도 이겨 낼 수 있었네. 진실로 엄 행수는 마음속에 도둑질할 마음이 전혀 없는 사람이라고 생각하네. 이런 마음을 더 키워 나가면 성인도 될 수 있을 걸세.

　선비가 좀 가난하게 산다고 해서 그걸 겉으로 드러내는 것도 부끄러운 일이고, 출세했다 해서 거드름을 피우는 것도 부끄러운 일일세. 엄 행수와 견주어 부끄럽지 않을 사람은 거의 없을 게야. 그래서 나는 엄 행수를 선생으로 모시려 한다네. 어떻게 감히 벗으로 사귀겠다고 할 수 있겠는가. 하여 나는 엄 행수라고 감히 부르지 못하고 예덕 선생(똥 치는 선생님)이라고 부르는 것일세."

겉으로만 점잖고 속은 시커먼 사람은 되기 싫소!

"이 사주는 마갈궁(磨蝎宮)에 속하오. 대문장가 한유(韓愈)와 소식(蘇軾)이 이 사주를 타고나 고생을 했지. 한나라의 역사가 반고(班固)와 사마천(司馬遷)처럼 문장이 훌륭하겠지만, 까닭 없이 비방을 당하겠구려."
박지원의 집안사람이 북경의 점쟁이에게 연암의 사주를 알려 주며 길흉을 묻자 이렇게 말했다고 합니다.
실제로 박지원은 글재주가 뛰어나 이름을 날렸으며 성품이 호탕하여 겉으로만 점잖고 속은 시커먼 사람들을 보면 참지 못해, 남의 비방을 받는 일이 잦았다고 합니다.

1737년 1세
한양 서쪽 반송방 야동에서 아버지 박사유와 어머니 함평 이씨의 2남 2녀 중 막내로 태어났다.

1752년 16세
과거를 올리고 이보천의 딸과 혼인했다.
장인에게 "맹자"를 배우고, 처숙인 홍문관 교리 이양천에게 문장 짓는 법을 배웠다.
중국 한나라의 역사가 사마천의 '항우본기'를 흉내 내어 '이충무공전'을 썼는데, 문장이 반고와 사마천처럼 훌륭하다는 칭찬을 받았다.

1757년 21세
시정의 기이한 인물이나 사건을 듣고 방경각외전을 썼다.
불면증과 우울증이 깊어졌다.

1759년 23세
어머니 함평 이씨가 59세의 나이로 죽었고, 큰딸이 태어났다.

1760년 24세
실용적인 언행과 청렴한 생활로 박지원에게 큰 영향을 끼친 할아버지 박필균이 76세의 나이로 죽었다.

1767년 31세
아버지 박사유가 65세의 나이로 죽었다.

1768년 32세
백탑 근처로 이사해 이덕무, 유득공 등과 가까이 지냈다.
박제가, 이서구가 제자로 입문하였다.

1778년 42세
한양 생활을 청산하고 황해도 연암골에 은둔하였다.

박지원의 초상

박지원의 아들 박종채(朴宗采)는 아버지의 초상화를 남기고 싶어 했으나, 그럴 수 없었습니다.

"불그레하고 윤기가 있는 얼굴, 쌍꺼풀이 진 눈에 크고 흰 귀, 귀밑까지 뻗친 광대뼈, 큰 키에 실팍한 살집, 곧추 솟은 어깨와 곧은 등……. 아버지는 풍채가 좋으셨다. 아버지 초상화가 두 점이 있었는데, 아버지는 닮지 않았다 하시며 없애 버리셨다. 다시 초상화를 그리자고 하였으나 허락받지 못했다. 이제 기억 속의 아버지 모습은 날로 희미해지는데, 초상화 한 점 없으니 비통함을 이루 말할 수 없다."

박지원 초상_ 박지원의 손자 박주수(朴珠壽) 작품. 보고 그린 것이 아니라 주변 사람들의 설명을 들어 가며 그렸다.

| 44세 | 1780년 | 50세 | 1786년 | 51세 | 1787년 | 55세 | 1791년 | 57세 | 1793년 | 63세 | 1798년 | 69세 | 1805년 |

- **44세** 중국 북경으로 갔다가 돌아오자마자 열하일기를 쓰기 시작했다.
- **1780년 / 50세** 당시 세도가였던 홍국영이 물러나자 서울로 돌아가 처남이 개성의 집에 머물렀다. 삼종형 박명원을 따라
- **1786년** 유언호가 천거하여 선공감역에 임명되어 처음으로 벼슬길에 나섰다.
- **51세 / 1787년** 부인 전주 이씨가 51세로 죽었다.
- **55세 / 1791년** 한성부판관에 임명되었으나, 모함 때문에 강원도 안의현감으로 부임했다.
- **57세** 벗 이덕무가 53세로 죽었다. 지나친 수절 풍습을 비판한 「열녀함양박씨전」을 썼다.
- **1793년** 「열하일기」로 잘못된 문체를 퍼뜨린 장본인으로 속죄하라는 정조의 하교를 받았다.
- **63세 / 1798년** 봄에 흉년이 들자, 안의에서 했던 것처럼 늦봄을 덜어 백성을 구하려고, 「과농소초」를 썼다. 정조가 이 책을 보고 농서 편찬하는 일을 박지원에게 맡기겠다는 말을 하였다.
- **69세** 깨끗하게 씻어 ...영금할 때 이에 구리나 쌀을 물리지 말고 ...달라고만 유언하였다.
- **1805년** 가회방 재동 집의 사랑에서 69세 나이로 죽었다. 홍대용이 그랬던 것처럼

나의 아버지 박지원

"아버지는 젊었을 때 자신을 단속하느라 술을 마시지 않았는데, 과거 시험을 포기한 뒤부터 술을 마셨다. 만년에 아버지가 옛날에 살던 집을 찾아갔을 때의 일이다. 당시 개성 유수는 아버지와 모르는 사이였으나 옛 친구를 만난 것처럼 기뻐하며 큰 술병을 들고 찾아왔다. 커다란 사발에 계속 술을 내놓아 동틀 무렵에야 끝이 났다. 뒷날 주인이 술잔 수를 기억해 두었다가 그 이야기를 꺼냈는데, 아버지는 오십 잔 남짓 마셨다고 한다. 아직도 마을 사람들은 그 일을 이야기한다고 한다."

燕
巖

박지원의 친구들

'유유상종(類類相從)'이라는 말을 들어 본 적이 있지요? '비슷한 무리끼리 서로 사귄다.'는 뜻입니다. 박지원은 과거 시험을 단념한 뒤로 조용히 수양하고 지내며 사람들을 사귀지 않았습니다. 박지원과 마음이 통했던 친구를 꼽으라면 홍대용(洪大容)과 박제가(朴齊家)를 들 수 있습니다. 이덕무(李德懋), 유득공(柳得恭), 이서구(李書九) 등도 박지원의 유유상종 친구들이었습니다. 중국 명나라 이탁오(李卓吾)는 '스승이면서 친구가 아니면 진정한 스승이 아니고, 친구이면서 배울 게 없다면 진정한 친구가 아니다.'라고 했습니다. 스승으로 삼을 만한 친구를 '사우(社友)'라고 하는데, 박지원과 홍대용, 박제가, 이덕무, 유득공, 이서구 들이 모두 그러했습니다.

홍대용, 그대 가고 나니
나를 알아줄 이가 없구려!

홍대용은 북학파의 대표적 인물로, 천문과 역법에 뛰어나
천체의 운행과 위치를 관측하는 '혼천의(渾天儀)'를 만들
었으며 지구의 자전설을 주장했습니다. 사람들이 박지원을
헐뜯을 때에도 편지를 보내 살뜰히 안부를 묻곤 하였는데,
영천 군수로 있을 때는 소, 농기구, 공책, 돈을 보내면서 이
렇게 당부했다고 합니다. "산골에 계시니 밭을 갈아 농사를
짓지 않을 수 없을 테지요. 그리고 꼭 책을 저술하여 후세에
전해야 할 것입니다." 박지원은 자신을 알아주던 홍대용이
죽자 장례를 치러 주고 묘지명을 썼습니다. 그리고 지기를
잃은 슬픔 때문에 집에 있던 악기를 내다 버리고 음악 즐기
는 것을 멈추었다고 합니다.

홍대용 초상_영조 41년(1765) 북경에 갔을 때 사련
엄성(嚴誠)이 그려 주었다.

박제가, 열세 살 나이 차야
무슨 대수랴!

조선 후기의 실학자였던 박제가는 박지원보다 열세 살 아
래였는데, 박지원을 스승처럼 깍듯하게 섬겼습니다. 박제
가는 박지원보다 이태 앞서 이덕무와 함께 중국 북경에 갔
다가 청나라의 선진 문물에 감명을 받았습니다. 특히 가로
수와 하수구가 있는 도로에 끊임없이 다양한 종류의 수레
가 오가는 것을 보고 감탄해 마지않았다고 합니다. 그리고
청나라에서 돌아온 뒤 보고 들은 것을 정리하여 『북학의
(北學議)』를 썼습니다. 『북학의』는 크게 내편과 외편으로
이루어져 있는데, 내편은 청나라에서 보고 배운 편리한 문
물을 다뤘습니다. 그 가운데 하나가 청나라의 도로와 수레
를 본떠 조선 역시 도로를 정비하고 수레를 사용해야 한다
는 주장입니다. 외편에서는 정치와 사회 제도의 모순점과
개혁 방안을 다뤘습니다.

박제가 초상

민 노인이여
그대 죽어도

죽지 않앗구려

민옹전

괴상하고 기이하기도 하며,
놀랍고 기막히며, 기쁘기도 하고 성나기도 하고,
게다가 밉살스럽기도 하구려. 벽에 그린 까마귀가
매가 되지 못하듯이 민 노인은 뜻있는 선비였으나,
늙어 죽도록 가슴에 품은 뜻을 펴지 못했구려.
내가 그대를 위해 전기를 썼다오.
아아! 그러니 그대는 죽었으나 죽지 않은 것이라오.

민 노인은 남양 사람이다. 무신년(1728년, 영조 4년) 난리 때에 출
정한 공으로 첨사 벼슬을 하였고, 그 뒤로는 집에 들어앉아서 아무
벼슬도 하지 않았다. 어려서부터 영리하고 총명하여 옛사람의 뛰어
난 절개와 업적을 본받으려고 애를 썼다. 옛사람들의 전기를 읽을 때
마다 눈물을 흘리며 감탄했다.

일곱 살 때 벽에 큰 글씨로 쓰기를,

'항탁이 일곱 살에 공자님 스승이 되었다.'

열두 살 때에 쓰기를,

'감라가 장수가 되었다.'

열세 살 때에는,

'외황 고을 아이가 유세를 하였다.'

열여덟 살에는,

'곽거병이 흉노를 정벌하러 기련산을 넘었다.'

스물네 살 때에는,

'항우가 강을 건넜다.'

민 노인은 나이 마흔이 되어서도 이렇다 할 공을 세우지 못하자
이렇게 적었다.

'맹자가 마흔 살이 되어서 마음의 동요를 일으키지 않았다.'

해마다 글씨를 적다 보니 벽이 온통 새카맣게 되었다.

일흔 살이 되자 아내가,

"영감, 올해는 벽에 까마귀를 그리지 않으시우?"

하고 놀렸다. 민 노인은 기뻐하며 소리쳤다.

"여보, 빨리 먹을 갈아 주시오."

그러고는 큰 글씨로 적었다.

'범증이 일흔 살에 기묘한 계책을 세웠다.'

※ 남양(南陽) — 지금의 경기도 화성.

※ 무신년 난리 — 소론의 이인좌, 정희량이 영조에 반대하며 일으킨 난.

※ 항탁(項橐) — 공자가 항탁이라는 일곱 살짜리한테 한 수 배웠다 함. 『전국책』에 나온다.

※ 감라(甘羅) — 열두 살에 조나라에 사신으로 가서 조나라가 진나라에 성을 바치고 섬기도
록 만들었다.

※ 외황 고을 아이 — 항우를 설득하여 고을을 구한 열세 살짜리 소년.

※ 곽거병(霍去病) — 열여덟 살에 흉노족을 쳐서 공을 세웠다.

※ 범증(范增) — 일흔 살에 항우의 숙부인 항량을 찾아가 진나라에 반란을 일으키라고 부추
겼다.

이를 보고 그의 아내가 화를 내며 말했다.

"아무리 꾀가 뛰어나면 무얼 하우? 어디에단가 써먹어야 할 것 아니우?"

그 말에 노인은 웃으면서 말했다.

"강태공은 여든 살이 되어서야 한몫했다 하지 않소. 그에 대면 지금 나는 그의 셋째나 넷째 아우뻘밖에 되지 않을 나이란 말이오."

지난 계유년(1753)에서 갑술년(1754) 무렵에 열일고여덟 살이 된 나는 오랫동안 병을 앓느라 지쳐 있었다. 집에 들어앉아 노래나 그림, 옛날 칼이나 거문고 같은 골동품 같은 것들에 취미를 붙이기도 하고, 사람들을 불러들여 우스갯소리나 옛이야기를 듣기도 하였지만 울적한 기분은 쉬이 풀리지 않았다. 그때 어떤 사람이 민 노인을 소개해 주었다. 노인은 노래도 잘하고, 말재주도 좋으며, 재미있고 거침없는 이야기를 잘하여 속을 시원하게 해 준다고들 했다. 그 말을 듣고 퍽 반가워 노인을 데리고 놀러 오라고 부탁했다.

민 노인이 찾아왔을 때 나는 사람들과 어울려 음악을 즐기고 있었는데 노인은 인사도 없이 퉁소 부는 사람을 물끄러미 들여다보더니 대뜸 따귀를 후려갈기며 큰 소리로 꾸짖는 것이었다.

※ 강태공(姜太公) — 여든 살에 주나라 무왕을 도와 은나라를 쳐서 없애는 데 성공했다.

"주인은 즐거워하는데 어째서 너는 성을 내고 있느냐?"

깜짝 놀라 왜 그러느냐고 물었더니 노인은 이렇게 말했다.

"저놈이 눈을 부릅뜨고 얼굴에 핏대까지 올리는 걸 보시오. 성난 게 아니고 무엇이겠소?"

나는 그만 웃음을 터뜨리고 말았다. 노인이 말했다.

"가만히 보니 피리 부는 놈만 성내는 게 아니구려. 젓대를 부는 놈은 얼굴을 돌린 품이 우는 것 같고, 장구 치는 놈은 무슨 걱정이 그리 많은지 잔뜩 얼굴을 찌푸리고 있고, 음악을 듣는 사람들은 쥐 죽은 듯이 앉아 잔뜩 겁에 질린 듯하고, 하인 놈들도 끽소리 못한 채 웃지도 못하니 이래서야 어디 음악을 즐긴다 할 수가 있겠습니까?"

내가 음악을 멈추게 하고 민 노인을 맞아들였다. 노인은 키가 작달만하고 흰 눈썹이 수북하니 눈을 덮었는데, 이름은 유신(有信)이라 하였다. 나이는 일흔셋이나 되었다고 했다. 노인이 나에게 물었다.

"어디 아프시오? 머리가 아픕니까?"

"아니요."

"그러면 배가 아프오?"

"아닌데요."

"그러면 병이 든 건 아니로구먼."

그러고는 노인이 대뜸 창문을 열고 훌쩍 들창을 걷어 올리니 바람이 시원하게 불어와 내 마음속도 전보다 조금은 후련해졌다.

"밥을 잘 못 먹고 잠을 잘 못 자는 것이 내 병이랍니다."

내가 그리 말하자 노인은 벌떡 일어나 축하 인사를 했다. 내가 놀라서 물었다.

"죽겠다는 사람보고 무슨 축하를 하십니까?"

노인이 말했다.

"그대는 집안 살림도 넉넉지 못한데 밥을 잘 먹지 못한다니 이제 재물이 남아돌 것이요, 잠을 못 자면 밤까지 사는 것이니 남보다 갑절을 더 사는 셈이 아니겠소. 재물이 남아돌고 남보다 갑절을 더 살면 오복 가운데 장수하는 복과 재물 복을 갖춘 셈이 아니오?"

잠시 뒤 밥상이 들어왔으나, 나는 신음소리를 내며 인상을 찌푸리고 음식을 들지 못한 채 이것저것 집어서 냄새만 맡고 있었다. 그러자 민 노인이 버럭 화를 내며 일어나 가려고 했다. 내가 놀라서 물었다.

"어째서 화를 내고 가려고 하십니까?"

"손님을 불러놓고 혼자만 먹으려 하니 예의가 아니지 않소?"

나는 노인에게 사과를 하고 주저앉혀 급히 상을 차려 내오게 했다. 상이 들어오자 노인은 조금도 사양하지 않고 소매를 걷어 올리고는 부지런히 수저를 놀려 먹기 시작했다. 나도 모르게 입에서 군침이 돌고 구미가 당겨 덩달아 밥을 예전처럼 먹게 되었다.

밤이 되자 노인은 눈을 내리감고 꼿꼿이 앉았다. 무어라 말을 걸어보았지만 노인은 입을 꾹 다문 채 말이 없어 나는 꽤나 답답해졌다. 한참만에야 노인이 벌떡 일어나 촛불을 돋우고는 입을 열었다.

"내가 젊어서는 무엇이든 한 번만 보면 금방 외웠는데, 이제는 다 늙었지 뭐요. 처음 보는 글을 두어 번 읽고 나서 외우는 내기를 해 봅시다. 한 자라도 틀리면 벌을 받기로 하고……."

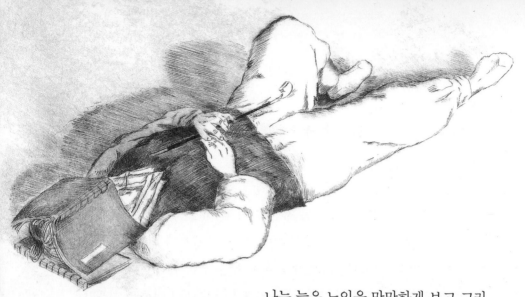

　　　　　　나는 늙은 노인을 만만하게 보고 그리

하자고 승낙했다.

　곧 책장에서 『주례』를 뽑아들어 노인은 '고공기'를 펼쳤고, 나는
'춘관' 편을 골랐다. 얼마 지나지 않아 노인이 큰 소리로 외쳤다.

　"나는 벌써 다 외웠소."

　아직 한 차례도 읽지 못했던 나는 놀라서 노인에게 잠시 기다리라
고 했다. 노인이 자꾸 말을 걸고 방해를 해서 제대로 외울 수가 없었
다. 그러는 사이에 나도 모르게 깜박 잠이 들고 말았다.

　이튿날, 노인에게 어제 외운 것을 잊지 않았느냐고 묻자, 노인이
웃으면서 말했다.

　"나는 처음부터 외우지를 않았다오."

───────

※ 주례(周禮) ― 중국 책으로, 국가 행정 조직에 관해 상세히 적어 놓은 책.

하루는 늦은 밤에 노인과 이야기를 나누는데, 노인이 둘러앉은 사람들을 놀리기도 하고 꾸짖기도 하는데 누구도 무어라 대꾸를 하지 못했다. 한 사람이 노인의 입을 막아 볼 셈으로 물었다.

"노인은 귀신을 본 적이 있소?"

"보다마다."

"귀신이 어디 있소?"

민 노인이 눈을 크게 뜨고 찾는 시늉을 하다가 등잔불 너머 앉아 있는 손님을 가리키며 크게 소리를 질렀다.

"저기, 귀신 앉아 있네."

깜짝 놀란 그 손님이 성을 내며 따지자, 노인이 말했다.

"사람은 대체로 밝은 데에 있고, 귀신은 어두운 데를 좋아하는 법이라오. 지금 그대가 어두운 데 앉아서 밝은 데를 내다보며 제 모습을 숨긴 채 사람들을 엿보고 있으니 바로 귀신이 아니고 무엇이오?"

그 말에 모두 한바탕 웃음을 터뜨렸다.

"노인께서는 신선을 본 적도 있습니까?"

"보다마다."

"그래 신선은 어디 있습니까?"

"가난뱅이가 다 신선이지. 부자는 늘 세상에 애착을 갖고 있지만 가난한 사람은 세상에 싫증을 느끼거든. 세상에 싫증을 느끼는 이가 신선이 아니고 무엇이겠소?"

"노인은 이 세상에서 가장 오래 산 사람을 본 적이 있소?"

"보다마다. 아침나절에 숲속에 들어갔더니 두꺼비와 토끼가 서로 제가 더 어른이라고 다투고 있더군. 토끼가 '나는 팔백 살을 산 팽조와 동갑이니 너는 까마득하니 아랫것이야.' 하자, 두꺼비가 고개를 푹 숙이며 울더란 말이야. 토끼가 놀라서 왜 우느냐고 물으니까 두꺼비가 이리 말하는 걸세.

'나는 동쪽 집 어린애와 동갑인데 그 어린애는 다섯 살에 글을 배워 그 뒤로 책을 참 많이도 읽었다네. 그 애는 목덕이 왕이 되는 십팔사략을 읽고, 상고대부터 주나라까지의 역사를 담은 춘추를 읽을 만큼 오래 살았고, 진나라로 이어져 한나라와 당나라를 거친 다음, 아침에는 송나라, 저녁에는 명나라를 거치도록 살았지. 그러는 동안에 온갖 일을 다 겪으면서 기뻐하기도 하고 놀라기도 하고, 죽은 이를 조문도 하고 또 장례도 치르면서 지금까지 지루하게 살아왔다네. 그런데도 여전히 귀와 눈이 밝아. 지금도 이가 나고 머리털이 자란다네. 나이가 많기로는 그 아이만 한 이가 없지. 팽조는 기껏 팔백 살밖에 못 살고 일찍 죽는 바람에 겪은 시절도 짧고, 요새 일어난 일밖에 본 게 없으니 참 안타깝고 슬프네. 눈물이 다 나네.' 하는 것이야.

토끼가 이 말을 듣고는 두꺼비에게 넙죽 절을 올리고는 '저희 할아버지뻘이십니다.' 하며 허둥지둥 달아나더구먼. 이걸 보아서도 글을 많이 읽은 사람이 가장 오래 산 사람이라 하겠네."

"그러면 노인은 세상에서 가장 맛있는 것도 먹어 보았겠구려."

"당연하지. 달마다 그믐이 되면 썰물이 빠져나가 갯벌이 드러나는데, 그 땅을 갈아 염전을 만들고 소금을 굽지 않는가. 알갱이가 거친 것은 수정염이 되고, 가는 것은 소금염이 되는데, 음식을 맛있게 하는 것은 바로 요 소금이 아니겠는가."

모인 사람들이 입을 모아 말하였다.

"참으로 좋은 말입니다. 그러나 불사약만은 노인도 못 보았겠지요."

그러자 노인이 빙그레 웃으며 말했다.

"그거야 내가 아침저녁으로 늘 먹는 것인데 어찌 모르겠소. 깊은 산골짜기에 있는 소나무에 맺히는 달콤한 이슬을 감로라고 하는데, 그것이 땅에 떨어져 천 년쯤 지나면 복령이라는 신묘한 버섯이 되지. 인삼은 영남에서 나는 것이 가장 좋은데 모양이 고르고 붉은빛을 띠며, 사지를 다 갖추어 어린아이처럼 쌍상투를 틀고 있지. 구기자는 천 년쯤 묵으면 사람을 보고 짖는다 하네. 내가 이런 것들을 먹고 백일 동안 아무것도 먹지 않은 채 지냈더니 숨이 차면서 곧 죽을 것만 같았다네.

이웃 할머니가 와서 나를 보고는 한숨을 지으며 하는 말이, '그대는 주림병이 들었소. 옛날 신농씨가 온갖 풀을 맛본 다음에 다섯 가

지 곡식을 뿌렸다지 않소. 병이란 걸 낫게 하는 것이 약이고 주림병을 고치는 것이 밥이니, 그대의 병은 오곡이 아니면 낫지 못하오.' 하고는 밥을 지어 먹여 주는 바람에 살아났다오. 불사약으로는 밥만 한 것이 없지. 나는 아침에 밥 한 그릇, 저녁에 밥 한 그릇을 먹고 지금껏 칠십 년을 넘게 잘 살아왔다오."

민 노인은 뭘 물으면 길게 늘어놓으며 이리저리 둘러대기는 하지만 이야기가 그럴듯하게 들리고 은근히 돌려 꼬집는 말도 들어 있어 재미가 있었다. 그는 말 잘하는 재주가 있었다. 무얼 물어도 막히는 법이 없었다. 따질 게 바닥이 나자 분한 마음에 어느 손님이 물었다.

"그러면 노인은 무서운 것을 보았소?"

그 말에 노인은 한동안 잠자코 있다가 소리를 버럭 지르며 말했다.

"무섭다 무섭다 해도 제 자신만큼 무서운 것이 없다네. 내 오른 눈은 용이 되고, 왼 눈은 범이 되고, 혓바닥 밑에는 도끼가 감춰져 있고, 팔목은 활처럼 휘어 있지 않은가. 깊이 잘 생각하면 갓난아기처럼 순수한 마음을 지니게 되지만, 조금만 생각이 비틀어져도 사나운 오랑캐처럼 되고 말지. 잘 다스리지 않으면 제 자신을 잡아먹거나 물어뜯고 쳐 죽이거나 베어 버릴 것이네. 그래서 성인들은 자신을 다스려 예로 돌아간 것이며, 사악함을 막아 진실한 자신을 지켜 나간 것이네. 그래서 나는 언제나 나 자신을 가장 두려워한다오."

노인은 아무리 어려운 것을 수십 가지나 물어보아도 메아리 소리

처럼 척척 대답을 해 누구도 그를 궁지에 몰아넣을 수가 없었다. 제 자랑을 하며 추어올리다가, 빈정거리며 남들을 놀려대기도 했다. 사람들이 노인의 말을 듣고 배꼽을 잡고 웃어도 노인은 낯빛 하나 바꾸지 않았다. 누가 말하였다.

"황해도는 황충이 들끓어 관청에서 백성들을 풀어서 그걸 잡느라 야단이라 합니다."

노인이 물었다.

"황충을 뭐 하려고 잡는가?"

"황충이란 벌레가 크기는 첫잠 잔 누에보다 작은데, 색깔은 알록달록하고 털이 나 있습니다. 날아다니는 것을 며루라 하고, 벼 줄기에 달라붙어 기어오르는 것을 계심이라 하는데, 벼농사에 해를 준다 해서 멸구라고도 부릅니다. 그래서 땅에 파묻으려고 잡는 것이지요."

그러자 노인이 말했다.

"그런 작은 벌레들은 걱정거리도 아니네. 내가 보기에 종로 거리를 가득 메우고 다니는 것들이 모두 황충일세. 길이는 모두 칠 척 남짓이고, 머리는 검고 눈은 반짝거리는데 입은 커서 주먹이 들락날락할 정도이지. 웅얼웅얼 소리를 내고 꾸부정한 모습으로 줄줄이 몰려다니며 곡식이란 곡식은 죄다 먹어 치운다네. 이것들을 잡으려고 했지만 퍼 담을 만큼 큰 바가지가 없어 아쉽게도 잡지를 못했다네."

그랬더니 사람들이 정말로 이런 벌레가 있는 줄 알고 몹시 무서워하였다.

하루는 노인이 오는 걸 멀찍이서 보고 있다가 글자 수수께끼놀이

삼아 '춘첩자방제(春帖子狵嗁)'라고 써 보이니, 노인이 웃으면서 말했다.

"춘첩 곧 입춘날 글씨라는 게 문(門)에다 붙이는 글(文)이니 바로 내 성인 민(閔)이요, 방(狵)은 늙은 개를 지칭하니 바로 나를 욕하는 것이구먼. 제(嗁)는 운다는 뜻이니, 늙은 개가 울면 다들 듣기가 싫겠는데, 내 이가 다 빠져 말소리가 분명치 않은 것을 비꼰 것이로군. 아무리 그래도 늙은 개를 무서워한다면 개 견(犭) 변을 떼어 버리면 될 것이고, 또 우는 소리가 싫으면 그 입 구(口) 변을 막아 버리면 그만이 아니겠는가. 대체로 제(帝)란 조화를 부리고 방(尨)은 큰 물건을 가리키니, 제(帝) 자에 방(尨) 자를 붙이면 조화를 일으켜, 큰 것이 되니, 바로 용(龐)이라네. 그러고 보니 그대가 나를 욕한 것이 아니라, 그만 나를 크게 칭송한 것이 되어 버렸네그려."

이듬해에 노인이 죽었다. 노인이 비록 엉뚱하고 거침없이 살았지만 천성이 곧고 착한 일 하기를 좋아하였으며, 『주역』을 잘 알고 노자의 말을 좋아하였고, 책이란 책은 안 본 것이 없었다 한다. 두 아들이 모두 무과에 급제하였으나 아직 벼슬은 받지 못했다.

올 가을에 나의 병이 도졌으나, 이제 다시 민 노인을 만날 수 없게

※ **글자 수수께끼놀이** — 한자 글자를 쪼개 가면서 다른 뜻을 찾아내며 노는 것. 파자(破字)놀이를 말한다.
※ **바로 용(龐)이라네** — 龐 자는 龍 자랑 통한다. 龐 자는 '망'으로 읽을 수도 있다.

되었다. 이에 주고받은 수수께끼와 우스갯소리, 이야기와 풍자 따위를 기록하여 이 이야기를 짓게 되었다. 때는 정축년(1757년, 영조 33년) 가을의 일이다.

민 노인을 기리어 다음과 같이 추모의 뜻을 적는다.

"아아! 민 노인이시여!
괴상하고 기이하기도 하며, 놀랍고 기막히며,
기쁘기도 하고 성나기도 하고, 게다가 밉살스럽기도 하구려.
벽에 그린 까마귀가 매가 되지 못하듯이
민 노인은 뜻있는 선비였으나,
늙어 죽도록 가슴에 품은 뜻을 펴지 못했구려.
내가 그대를 위해 전기를 썼다오.
아아! 그러니 그대는 죽었으나 죽지 않은 것이라오."

春帖子
門文
閣
狨啼
龍

양반 이야기

어이구,

한 푼도
못 되는구려

양반전

손에 돈을 쥐지 말며, 쌀값도 묻지 말고,
더워도 발을 벗지 않으며, 추위도 화롯가에서
손을 쬐지 말고, 분이 치밀어도 아내를
때리지 말고, 애들에게 주먹질하지 말고,
종에게 "나가 뒈져라" 하고 나무라지 말고,
소나 말을 꾸짖을 때 그놈 판 주인까지
싸잡아 욕하지 말며……

양반이란 선비를 높여 부르는 말이다.

강원도 정선 고을에 한 양반이 살았다. 어질고 글 읽기를 좋아하여 군수가 새로 부임해 오면 꼭 그 양반을 찾아가 인사를 했다. 그러나 그 집이 가난하여 해마다 관청에서 환곡을 빌려 먹다 보니, 어느새 빚이 천 가마나 쌓이게 되었다. 강원도 관찰사가 이 고을 저 고을 돌면서 관에서 백성들에게 곡식 빌려 준 장부를 조사해 보다가 몹시 화가 났다.

"어떤 놈의 양반이 군인들 먹을 곡식까지 축냈단 말인가?"

관찰사가 당장 그 양반을 잡아 가두라고 명령을 내렸다. 그러나 정선 군수는 그 양반이 가난하여 빚을 갚을 길이 없는 것을 안타깝게 여겨 차마 감옥에 가두지는 못하였다. 군수로서는 이러지도 저러지도 못하고 어찌할 도리가 없었다.

양반이 무얼 어떻게 해야 할지를 몰라 밤낮으로 눈물만 흘리고 있
자, 그의 아내가 보다 못해 그를 몰아세웠다.

"당신은 평소에 그렇게도 글을 잘 읽더니만 빌린 쌀을 갚는 데에
는 아무런 쓸모가 없구려. 쯧쯧, 그놈의 양반! 어이구, 한 푼도 못 되
는구려."

그때 마침 그 마을에 사는 부자가 이런 사정을 알고는, 제 식구들
과 상의를 하였다.

"양반이야 아무리 가난해도 늘 높고 귀한 대접을 받지만, 우리네
야 아무리 잘살아도 언제나 낮고 천한 취급만 받고 살지 않느냐. 말
을 한 번 마음대로 탈 수가 있나. 양반만 보면 기가 죽어 숨도 제대로
못 쉬고 마당 아래 엎드려 절을 해야 하질 않나, 코를 땅에 박고 무릎
으로 기어야 하질 않나, 이런 치욕이 어디 있느냐. 지금 저 양반이 관
청에서 빌린 환자를 갚지 못해 어려움이 이만저만한 게 아니라더라.
아무래도 양반의 신분을 지키기 어려울 듯하니 우리가 그 양반이란
걸 사자꾸나."

※ 환곡(還穀) ─ 나라에서 백성들에게 빌려 주는 곡식. 환자, 환자쌀이라고도 한다.
※ 한 푼도 못 되는구려 ─ 양반(兩班)을 일부러 兩半으로 읽은 것이다. 돈 세는 단위에서,
1냥(兩)은 10돈이고, 1돈은 10푼이니, 1냥은 100푼이다. 양반이 '한 냥 반'은커녕 한 푼도
안 되지 않냐고 빈정거리는 말이다.

부자가 양반을 찾아가 빌린 곡식을 대신 갚아 주겠다고 하자, 양반이 반가워하며 그렇게 하라고 했다. 그래서 부자는 양반이 빌린 환곡을 당장 관청에 바쳤다.

정선 군수가 웬일인가 몹시 놀라며, 그 양반을 찾아가 보리라 마음먹었다. 위로도 하고, 어떻게 그 빚을 갚게 되었는지 알아도 보려는 참이었다.

그런데 그 양반이 벙거지를 쓰고 잠방이를 입은 채 길에 엎드려 자신을 '소인'이라고 하며 고개를 제대로 들지도 못하는 것이 아닌가. 군수가 깜짝 놀라 말에서 내려 그 양반을 붙들고 물었다.

"어찌 이러십니까?"

그 말에 양반이 벌벌 떨며 머리를 조아린 채 땅에 엎드렸다.

"황송하옵니다. 소인 놈이 빌린 환곡을 갚으려고 제 양반을 팔았습니다. 이제 이 마을의 부자가 양반이 되었지요. 소인이 어떻게 양반 소리를 함부로 쓰면서 높은 척을 할 수 있겠습니까?"

그의 말에 군수가 탄복하여 말했다.

"군자로다. 그 부자야말로 양반이로다. 부자이면서도 인색하지 않으니 의로우며, 어려운 이를 보고 도와주었으니 어질다 할 것이며, 천한 것을 싫어하고 존귀한 것을 바라니 지혜롭다 할 것이다. 이 사람이야말로 참으로 양반이라 하겠소. 아무리 그래도 그렇지. 개인끼리 사고팔 뿐, 아무 증서도 만들지 않으면 나중에 소송거리가 될지 모르오. 그러니 고을 백성들을 불러 모아 증인으로 세우고, 매매 문서를 만들어 둡시다. 군수인 내가 손수 서명을 하겠소."

군수는 관아로 돌아와, 고을 안의 선비와 농사꾼, 장인이며 장사꾼들을 모조리 불러다 뜰 앞에 모두 모이게 했다. 새로 양반이 된 부자를 향소의 바른편에 앉히고, 양반을 팔아 버린 사람은 아전 아래에 세웠다. 그러고는 다음과 같이 증서를 만들었다.

건륭 10년(1745년, 영조 21년) 구월 아무 날.

이 문서는 양반을 곡식 일천 가마에 팔아 관청에서 빌린 환곡을 갚기 위한 것이다. 대체로 양반은 이름이 여러 가지다. 글을 읽으면 선비라 하고, 벼슬살이를 하면 대부라 하고, 덕이 높으면 군자라고 한다. 무관이면 서쪽에 줄을 서고 문관이면 동쪽으로 줄을 서기 때문에 양쪽을 합쳐서 양반이라고 하는 것이다. 그대는 어느 쪽이든 마음대로 고를 수가 있다.

비루한 일을 끊어 버리고, 옛사람을 우러러 아름다운 뜻을 마음속에 지니고, 새벽 오경이면 일어나 유황에 불을 댕겨 기름등잔을 켜고, 두 발꿈치를 괴고 앉은 채 눈은 코끝을 내려다보며, 얼음판에서 박통 밀듯이 『동래박의』를 줄줄 외어야 한다.

배고픈 것도 참고, 추운 것도 견디며, 가난한 사정을 남에게 하소연하지 않아야 한다. 위아랫니를 마주치고, 머리 뒤를 손가락으로 퉁기며, 침을 입 안에 머금고 가볍게 양치질하듯 한 뒤 삼키며, 옷소매로 갓의 먼지를 털어서

※ 동래박의(東萊博議) — 12세기쯤 중국의 여조겸(呂祖謙)이 지은 책. 과거 공부하는 이들이 읽는다.

옻칠이 드러나 보이게 하여야 한다. 세수할 때는 주먹을 쥐고 씻지 말아야 하고, 냄새가 나지 않게 이를 잘 닦고, 소리를 길게 늘여서 종을 불러야 하며, 걸을 때는 신발을 끌듯 하며 천천히 걸어야 한다.

『고문진보』나 『당시품휘』를 깨알같이 베껴 쓰되 한 줄에 백 글자씩은 써야 한다. 손에 돈을 쥐지 말며, 쌀값도 묻지 말고, 날이 더워도 발을 벗지 않으며, 맨상투로 밥상을 받지 말며, 밥보다 국을 먼저 먹지 말고, 쩝쩝거리며 소리 내어 마시지 말고, 젓가락으로 방아를 찧지 말고, 생파를 먹지 말고, 술 마시고 나서 수염을 빨지 말고, 담배를 피울 때는 볼이 움푹 패도록 빨지 말고, 분이 치밀어도 아내를 때리지 말고, 화가 난다고 그릇을 차지 말며, 애들에게 주먹질을 하지 말고, 종에게 '나가 뒈져라.' 하고 나무라지 말고, 소나 말을 꾸짖을 때 그놈 판 주인까지 싸잡아 욕하지 말고, 병났다고 무당을 불러 굿하지 말고, 제사 지낸다고 중을 불러 재 올리지 말고, 화롯가에서 손을 쬐지 말고, 말할 때에는 입에서 침을 튀기지 말고, 소를 잡지 말고, 노름을 하지 말아야 한다.

여기 적힌 행실을 양반이 어긋나게 하면 이 문서를 관청에 가져와서 따져야 할 것이다.

고을 사또인 정선 군수가 서명하고 좌수와 별감도 증인으로 서명한다.

※ 고문진보(古文眞寶)나 당시품휘(唐詩品彙) ─ 중국 책들로 『고문진보』는 시와 산문, 『당시품휘』는 당나라 때 시들을 모아 놓았다.

그러고 나서 아전이 여기저기 도장을 찍는데, 그 덜컥거리는 소리가 임금이 행차하실 때 치는 큰북소리 같았으며, 모양은 북두칠성과 삼태성이 가로세로로 늘어선 것 같았다. 호장이 문서를 다 읽고 나자, 부자가 어처구니가 없어 한참 멍하니 있다가 가까스로 입을 열었다.

"양반이라는 것이 겨우 이것뿐입니까? 저는 양반이란 것이 신선 같다고 들었는데 정말 이런 것이라면 엄청나게 속은 것입니다. 제발 제게 좀 이롭도록 고쳐 주십시오."

그래서 증서를 이렇게 고쳐 만들게 되었다.

하늘이 사람을 낼 때 네 종류의 백성을 내놓았는데, 그 중에서 선비가 가장 귀하도다. 선비 중에서도 양반이라 불리게 되면 그보다 더 이로울 수가 없으니, 농사를 짓지 않아도 되고, 장사를 하지 않아도 되며, 책이나 좀 훑어보면 크게는 문과에 급제하고 못해도 진사는 하게 된다.

문과에 급제하면 홍패란 것을 받는데 홍패가 무엇인가. 두 자 길이도 못 되지만 온갖 물건을 얻을 수 있게 하니 이게 바로 돈주머니나 다름없다. 진사만 된다면 늦어도 서른 살쯤에는 첫 벼슬을 하게 되는데, 조상 덕에도 훌륭한 벼슬자리를 할 수 있으니, 잘만 하면 남쪽 큰 고을의 군수 자리도 꿰찰 수 있다.

볕이 뜨거우면 일산으로 가리고 다녀 귀가 허옇고, 설렁줄 당겨 아랫것들 불러 일 시키니 배에 살이 올라 블룩하구나. 방 안에 널린 귀고리는 고운 기생의 것이요, 마당에 흘린 곡식은 두루미 모이로다.

가난한 선비로 시골서 살아도 제멋대로 다 할 수 있으니, 이웃집 소로 우

리 밭 먼저 갈고, 일꾼 뺏어다가 내 논의 김을 매도, 누가 감히 불평하겠는가. 뭐라 하는 놈은 잡아다가 코에 잿물 붓고 상투 잡아 흔들어 대고 귀밑머리 다 뽑아도 아무도 원망하지 못하느라.

부자가 문서 내용을 듣고 있다가 혀를 내두르며 말했다.
"그만두시오. 그만두시오. 참말로 맹랑합니다. 그럼, 나더러 도적 놈이 되라는 말씀입니까?"
부자는 머리를 설레설레 흔들며 가 버렸다. 죽는 날까지 다시는 양반 소리를 입 밖에 내지 않았다.

✸ 어디 족보도 없는 놈이!

조선 시대에 족보가 있다는 것은 그 집안이 양반 집안이라는 것을 뜻했습니다. 양반의 지체는 특별한 혈통과 훌륭한 조상에서 비롯되는 것으로 생각했기 때문에 족보는 양반만이 가질 수 있는 것이었습니다. 양반이 오만 특권을 누린 것에 반해 상민과 천민은 경제적으로 어려운 생활을 했고 사회적으로 푸대접을 받았습니다. 그래서 이들은 양반이 되고자 하는 바람을 가질 수밖에 없었는데, 양반이 되는 방법 가운데 하나가 양반을 사고 족보도 하나 마련하는 것이었습니다. 너도 나도 거짓 족보를 만들어 양반 행세를 하니 조선 후기에는 열에 일고여덟은 양반이었답니다.

유교 질서를 정치 이념으로 삼은 조선은 한마디로 '양반의, 양반에 의한, 양반을 위한 사회'였습니다. 박지원은 「호질」이나 「양반전」 같은 작품을 통해 당시 무능하고 약아빠진 양반들의 행태를 비웃고 손가락질합니다. 박지원은 자신도 양반이었지만, 양반들의 행태에 진저리를 치며 과거 시험도 보지 않고 숨어 살다시피 하지요. 당시 양반의 삶은 어떠했기에 그렇게 지탄의 대상이 되었을까요?

네가 양반이면 나는 양반 할아비다!

조선 후기 양반의 실상

❋ 나야말로 양반일세!

그런데 이렇게 양반이 많아지다 보니 양반만이 누리던 특별한 권리는 점점 없어지게 되었습니다. 게다가 농업 생산력이 증가하고 상공업이 발달함에 따라 부를 축적한 농민과 상인 계층이 등장했습니다. 이들은 점점 부유해지면서 신분 상승을 꾀했는데, 몰락하는 양반이 속출하는 것과는 대조적이었습니다.

한편, 부패한 현실을 개혁하려 했던 양반도 있었습니다. 박지원이나 정약용 같은 실학자들이었지요. 이들은, 현실과 동떨어진 자리에서 자기들의 이익만 도모하던 지배 계층의 헛된 논의와 부정부패를 비판했고, 실생활에 토대를 두고 진리를 탐구하는 실사구시(實事求是)의 태도로 백성을 위하는 데 관심을 쏟았습니다.

이런 흐름 속에서, 비록 천천히 진행되기는 하나 조선 사회는 봉건적 신분 제도가 사라지고 개인의 자유와 평등이 실현되는 근대 사회로 한 발짝 한 발짝 다가서게 되었습니다.

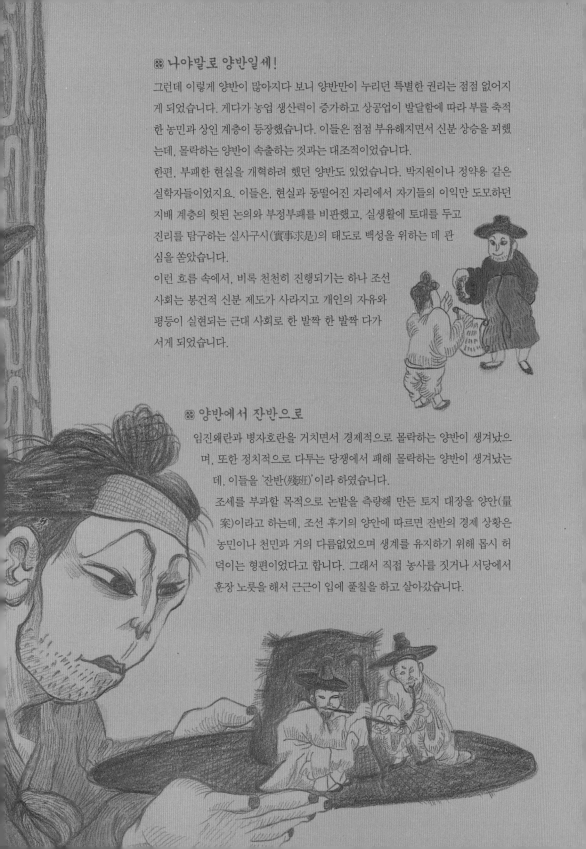

❋ 양반에서 잔반으로

임진왜란과 병자호란을 거치면서 경제적으로 몰락하는 양반이 생겨났으며, 또한 정치적으로 다투는 당쟁에서 패해 몰락하는 양반이 생겨났는데, 이들을 '잔반(殘班)'이라 하였습니다.

조세를 부과할 목적으로 논밭을 측량해 만든 토지 대장을 양안(量案)이라고 하는데, 조선 후기의 양안에 따르면 잔반의 경제 상황은 농민이나 천민과 거의 다름없었으며 생계를 유지하기 위해 몹시 허덕이는 형편이었다고 합니다. 그래서 직접 농사를 짓거나 서당에서 훈장 노릇을 해서 근근이 입에 풀칠을 하고 살아갔습니다.

김 신선 이야기

뜻을 얻지 못해

쓸쓸하게

살다 간 이여

김신선전

신선이라고들 하게 되었다.
여름에도 부채질을 하지 않으니 그만
않았다. 겨울에도 솜옷을 입지 않고
그가 찾아오는 것을 싫어하지
아무것도 먹지 않으니 누구든

김 신선의 이름은 홍기(弘基)이다. 열여섯에 장가를 들어 아내와 하룻밤 같이 자서 아들을 낳고는 다시 가까이하지 않았다. 불에 익힌 음식을 끊고, 벽을 마주보고 앉아 여러 해 동안 수행을 하더니 몸이 갑자기 가벼워지게 되었다. 그 후 나라 안의 이름난 산들을 두루 구경하러 다녔는데, 항상 수백 리 길을 걷고서야 때가 얼마나 되었나 해를 쳐다보았다. 그렇게 걸으면서도 미투리 한 켤레를 다섯 해나 신었고, 험한 길을 만나면 걸음이 더욱 빨라졌다. 그래도 그는 이렇게 말했다.

"물을 만나 바지를 걷고 건너기도 하고 배를 타고 건너기도 하느라 이렇게 더뎌졌구려."

아무것도 먹지 않으니 누구든 그가 찾아오는 것을 싫어하지 않았

다. 겨울에도 솜옷을 입지 않고 여름에도 부채질을 하지 않으니 그만
신선이라고들 하게 되었다.

　　나는 전에 우울증을 앓은 적이 있었다. 그때 신선의 도술이 내 병
에 특효가 있다고 해서 그를 꼭 만나고 싶었다. 그래서 윤 군과 신
군을 시켜서 조용히 찾아보게 하였는데 한양 곳곳을 열흘
이나 뒤졌으나 찾지 못했다.

　　윤 군이 이렇게 말했다.

　　"예전에 김홍기란 사람이

서학동에 산다고 해서 찾아가 보았는데 사촌 집이더군요. 거기다 처자를 맡겨 두었습니다. 아들에게 물어보니, '저희 아버지는 한 해에 서너 번 찾아올 뿐입니다. 아버지의 친구 분이 체부동에 살고 계신데 술을 좋아하고 노래를 잘하는 김 봉사라는 분입니다. 또 누각동의 김 첨지는 바둑을 좋아하고, 그 뒷집 이 만호란 분은 거문고를 좋아하고, 삼청동 사시는 이 만호란 분은 친구들과 어울리는 것을 좋아하고, 미원동 서 초관과 모교 사는 장 첨사와 사복천 부근 사는 지 승이란 분도 있는데, 모두 친구들과 어울려 술 마시는 것을 좋아하시지요. 이문 안에 사는 조 봉사도 아버지의 친구이신데 그 집에는 이름난 화초가 가득 심어져 있고, 계동의 유 판관은 진기한 책이나 오래된 칼을 가지고 있습니다. 아버지께서 늘 그분들 집에서 지내시니, 만나 뵙고 싶으면 그런 집들을 찾아가 보시지요.' 하는 것이었습니다.

그래서 이런 집들을 찾아가 일일이 물어보았지만 홍기는 어디에도 있지 않았습니다. 저물녘에 어느 집에 들렀더니, 주인은 거문고를 타고 있고 허연 머리에 관도 쓰지 않은 손님 둘이 조용히 듣고 있더군요. 그걸 보고 드디어 김홍기를 만났나 싶어 한참 동안 서서 기다렸지요.

거문고 가락이 끝나자마자 제가 나서서 '어느 분이 김 선생님이십니까?' 하고 물었지요. 그러자 주인이 거문고를 밀쳐놓고 '여기엔 김씨 성 가진 사람은 없소. 그건 왜 묻소?' 하는 겁니다. 제가 정성을

다해 찾아뵈려고 하는 것이니 혹 아시면 일러 주시기 바랍니다.' 하였더니, 그제야 주인이 웃으며 말했습니다. '아마 김홍기를 찾는가 본데, 홍기는 여기 오지 않았소.' 하였습니다. '언제 오시는지 알 수 있을까요?' 하였더니,

'홍기란 사람은 거처가 따로 없고 놀러 다니는 곳도 일정하지가 않다오. 온다는 예고도 없고, 갈 때도 언제 다시 오마는 약속도 하지 않는 사람이오. 하루에도 몇 번씩 들를 때가 있는가 하면 해가 바뀌도록 오지 않는 적도 있다오. 들리는 소리로는 요즘 창동이나 회현방에 주로 머물고, 동관이나 배오개, 구리개, 자수교, 사동, 장동, 대릉, 소릉

※ 서학동 ~ 이문 안 — 서학동은 나라에서 서울 안에 둔 사학(四學) 중 하나인 서학이 있던 동네. 동학, 서학, 남학, 중학 중, 서학은 지금의 태평로 1가 근처. 누각동은 인왕산 아래. 사복시(司僕寺)는 궁궐의 말과 가마를 맡아보는 관아로 사복천은 사복시가 있던 곳으로 지금의 수송동. 이문(里門) 안은 공평동 근처. 나머지 동네 이름은 지금이나 같다.
※ 봉사(奉事), 만호(萬戶) — 둘 다 서울 중앙 관아의 벼슬자리이다.
※ 초관(哨官), 첨사(僉使) — 초관은 군대에서 초의 우두머리로 오늘날 부대장 같은 자리이고, 첨사도 무관 벼슬.
※ 창동 ~ 소릉 — 창동(倉洞)은 선혜청 창고 근처 동네로 오늘날 남대문시장께. 배오개는 종로 4가 근처, 구리개는 을지로 입구 근처, 자수교는 옥인동과 효자동과 궁정동이 만나는 언저리, 사동은 사직동 근처, 장동은 효자동과 청운동 근처, 대릉과 소릉은 정동 근처이다.

같은 데도 오락가락하며 놀기도 하고, 자고 가기도 한답디다. 내가 그쪽 사람들 이름은 거의 모르고 창동 쪽의 집주인만 알고 있으니 그리로 가서 물어보오.' 하였습니다.

그래서 그 집을 찾아가 물었더니, '벌써 두어 달 동안 오지를 않았소. 내가 듣기로는 장창교에 사는 임 동지가 술 마시기를 좋아해서 날마다 홍기와 술 겨루기를 한다는데, 아직 그 집에 있는지 모르겠구려.' 하며 알려 주었습니다.

바로 그 집을 찾아갔더니, 임 동지라는 이는 나이가 여든 살이 넘어서 귀까지 좀 먹었습니다. 그이가 하는 말이, '쯧쯧, 어젯밤에 나와 술을 잔뜩 마시고 오늘 아침에 술도 덜 깬 채 강릉으로 간다고 떠났다우.' 하였습니다. 하도 어처구니가 없어 한참 있다 물었습니다. '김 홍기란 분에게 남다른 점이 있습니까?' 하니까, '그저 평범한 사람이오만, 밥 먹는 것을 보지 못했다오.' 하는 것입니다. '생김생김은 어떻습니까?' 하고 물었더니, '키는 일곱 척이 넘고 몸집은 여윈 편인데 수염이 보기 좋게 길고, 눈동자는 벽옥 빛이고 귀는 길고 누렇지요.' 하더군요. '술은 얼마나 마십니까?' 하고 묻자, '한 잔만 마셔도 취하지만, 한 말을 마셔도 그보다 더 취하지는 않소. 전에 한 번 술에 취하여 길바닥에 쓰러져 있는 것을 포졸이 잡아다가 옥에 가두었

※ 장창교 — 장통교라고도 하는데 관철동 근처 다리. 동지(同知)는 동지중추부사의 준말로 종2품 벼슬.

94

는데, 이레가 지나도 깨어나지 않아 그냥 놓아주고 말았다오.' 하더
군요. '말은 잘하나요?' 하고 물어보니, '여러 사람이 모여 이야기를
하면 앉은 채 졸다가, 이야기가 끝나면 불쑥 웃음을 터뜨리기도 합디
다.' 했습니다. '몸가짐은 어떻습니까?' 하고 묻자, '꼭 참선하는 중
처럼 조용하고, 수절하는 과부처럼 수수하지요.' 하더군요."

나는 윤 군의 말을 듣고 나서 한동안은 윤 군이 열심히 찾으러 다
니지 않은 것이라고 생각했다. 하지만 신 군 역시 수십 집을 찾아다
녔지만 모두 허탕이라고 했다. 그도 윤 군과 같은 말을 했다.
　어떤 이는 홍기가 백 살이 넘었으며 함께 어울리는 사람들도 모
두 노인들이라고 했다. 또 어떤 사람은 홍기가 열아홉에 장가를 들어
아들을 낳았는데 그 아들이 이제 스물 몇 살이니 홍기 나이도 기껏해
야 쉰 살쯤일 것이라고 했다. 또 어떤 이는 김 신선이 지리산으로 약
초를 캐러 갔다가 벼랑에서 떨어져 돌아오지 못한 지가 벌써 몇십 년
이 된다고 했다. 어떤 이는 지금도 컴컴한 바위굴에 번쩍번쩍하는 게
있는데, 그게 바로 김 신선의 눈빛이라면서, 산골짜기에서 이따금 김
신선이 길게 하품하는 소리가 들린다고도 했다.
　그런데 지금 생각해 보면 김 신선은 무슨 도술이 있는 것도 아니
고, 그저 술을 잘 마실 뿐인데, 그저 신선이라는 말을 빌려 가지고 다
닌 듯했다. 그러면서도 나는 복이란 아이를 시켜서 그를 찾아보게 했
지만 끝내 만나 보지 못하고 말았다. 이때가 계미년(1763년, 영조 39
년)이었다.

그 이듬해 가을 나는 동해 바닷가로 여행을 갔다가 저녁나절에 단발령에 올라서 금강산을 구경하였다. 일만이천 개나 된다는 봉우리들이 흰빛을 띠고 있었다. 산에 들어가 보니 단풍나무가 많아서 불타오르듯 붉었으며, 싸리나무, 가시나무, 녹나무, 예장나무는 모두 서리를 맞아 누렇고, 삼나무와 노송나무는 더욱 푸르렀으며, 사철나무가 많이 눈에 띄었다. 산중의 갖가지 기이한 나무들이 온통 누렇거나 붉게 물들어 둘러보노라니 즐거웠다. 가마를 멘 중에게 물었다.

"이 산중에 도가 높은 중이 있소? 있다면 그 도승과 어울려 볼 수 있겠소?"

그러자 중이 이리 대답했다.

"그런 중은 없고, 선암이란 곳에 밥을 먹지 않는 사람이 있다는 이야기는 들었습니다. 영남에서 온 선비라고 누가 그러던데, 더는 알 수 없습니다. 선암은 길이 험해서 찾는 이가 없습니다."

밤에 장안사에 앉아서 그곳 중들에게 물어보니, 다들 앞서 들은 말처럼 이구동성으로 대답했다. 밥을 먹지 않는 사람이 백일을 채우고 떠나겠다고 했는데 지금 90일 좀 지났다고 하였다. 나는 아마 그 사람이 신선인가 보다 싶어 몹시 기뻐하며 당장에 밤길이라도 찾아가고 싶었다.

이튿날 아침에 진주담 아래에 앉아 같이 갈 사람들을 기다렸다. 거기서 한참 동안 주위를 돌아보며 기다렸으나 모두 약조를 어기고 한 사람도 오지 않았다. 게다가 관찰사가 고을을 둘러보러 다니다가 마침 이 산에 들어와 절들을 돌아다니며 쉬고 있었다. 그래서 고을 수령들이 모여들어 잔치를 벌이고 음식과 수레를 바치고 하니, 관찰사가 행차할 때마다 따라다니는 중이 백 명이나 되어 몹시 어수선했다. 선암은 길이 끊기고 험준하여 도저히 혼자서는 갈 수가 없어서 나는 영원과 백탑 사이를 오가며 애만 태웠다. 그런 뒤로도 며칠 동안 계속해서 비가 내려 산속에서 엿새를 묵고서야 간신히 선암에 도착하게 되었다.

선암은 수미봉 아래에 있는데 내원통에서도 이십여 리를 더 들어가야 한다. 큰 바위가 솟아 천 길이나 되며 길이 끊어질 때마다 쇠줄을 부여잡고 공중에 매달려서 가야 했다. 선암에 닿으니 뜰에는 새조차 없이 텅 비었고, 제단 위에는 조그마한 구리 부처가 놓여 있었다. 그 앞에 신발 두 짝이 남아 있었다. 서운한 노릇이다. 나는 괜스레 서성거리다 주변만 우두커니 둘러보다가, 어쩔 수 없이 바위벽에 이름을 써 놓고 떠나왔다. 거기에는 노상 구름이 감돌고 바람이 쓸쓸하게 불었다.

어떤 책에는 '신선(仙)이란 산사람(山人)을 뜻한다.' 하고, 또 어떤 책에는 '산에 들어가 있는 사람(入山)을 신선(仚)이라 한다.' 했

※ 선암(船菴) — 유점사(楡岾寺)의 말사이었던 표훈사(表訓寺)에 딸린 암자.
※ 진주담(眞珠潭) — 금강산 만폭동의 여덟 못 가운데 가장 크고 이름난 못.
※ 영원(靈源)과 백탑(白塔) — 명경대 근처의 명승지.

다. 또한 신선(僊)이란 너울너울(僊僊) 가볍게 날아오르는 사람을 뜻하기도 한다. 익힌 음식을 먹지 않는 사람이 꼭 신선이라 할 수는 없으리라. 아마도 뜻을 얻지 못해 울적하게 살다 간 사람일 것이다.

범의 꾸중 -

어이쿠, 유학자란

놈의 냄새 참 구리구나

호질

제 것이 아닌 물건을 가져가는 놈을
도둑이라고 하고, 남을 못살게 굴고
목숨을 함부로 빼앗는 놈을 강도라
한다. 너희들은 밤낮을 가리지 않고
팔 걷어붙이고 눈 부릅뜨고 함부로
남의 것을 빼앗고 훔치면서도 부끄러운
줄을 모르고 살지 않느냐. 심지어 돈을
형님이라 부르질 않나, 장군이 되겠다고
제 아내를 죽이는 놈까지 있으니,
이러고도 삼강이니 오륜이니 떠들 수
있단 말이냐.

갑진일. 아침나절에는 맑았으나 오후에는 바람도 불고 번개도 쳤
고 비도 내렸다. 비가 어제 야계타에서만큼은 아니었다.

해질 무렵 옥전현에 당도했다. 이곳에 무종산이 있다. 누가 말하
기를, 연나라 소왕의 사당도 여기에 있다고 한다.
성 안으로 들어가 어떤 점포에 들러 구경을 하자니 생황에 맞춰
노래 부르는 소리가 들려왔다. 정 진사와 함께 노랫소리가 들려오는
곳을 찾아가 보니, 행랑채에 젊은이들 대여섯이 모여 앉아 더러는 생
황을 불고 더러는 무엇을 타고 있었다. 돌아서 일하는 칸에 들어서니
웬 사내 하나가 의자에 단정히 앉아 있다가 우리를 보고 일어나 인사
를 한다.

얼굴이 점잖게 생기고 나이는 쉰 남짓 되어 보이는데 수염이 희끗 희끗했다. 내 이름 적은 종이쪽지를 보이니 고개만 끄덕이고 말 뿐, 이름을 물어도 대답을 하지 않았다. 벽에는 이름난 이들의 글씨와 그림이 붙어 있었다. 주인이 일어나 자그마한 함을 내려 문짝을 열어 보여 주는데 주먹만 한 옥부처가 들어 있었다. 옥부처 뒤쪽에는 관음 상을 그린 작은 그림이 걸려 있는데, 거기에 '태창 원년(1620년) 삼월 에 제양 구침이 그리다.'라고 적혀 있었다.

주인은 부처 앞에 향을 피우고 절을 올리고 나서 부처를 넣은 함의 문짝을 닫아 제자리에다 올려놓았다. 그러고는 의자에 앉으면서 제 이름을 써서 보여 주었다. 성명은 심유붕(沈有朋)이라 하고 고향은 소주이며, 자는 기하(箕霞)요 호는 거천(巨川)이며 나이는 마흔여섯이라고 했다. 말이 없고 반듯해 보였다.

인사를 하고 그 아래칸으로 나오니 탁자 위에 구리쇠를 부어 만든 사슴이 놓여 있었다. 쓸 만한 골동품으로 보이는데 키가 한 자쯤 되었다. 또 높이가 두어 자쯤 되는 연병도 있었는데, 국화가 그려져 있고 곁에는 유리를 입혀 퍽 정교하게 만들었다. 서쪽 벽 아래에는 꽃 항아리가 있고, 거기에 벽도화 한 가지를 꽂았는데 꽃에 검은빛 범나비 한 마리가 앉아 있었다. 사람이 만들어 놓은 나비인 줄 알았는데

※ 갑진일(甲辰日) ─ 『열하일기』 중 하루. 이 글은 1780년(정조 4년) 7월 28일의 일기이다.
※ 연병(硯屛) ─ 바람을 막거나 먹물이 튀는 것을 막기 위해 벼루 옆에 둘러치는, 작은 병풍.

자세히 들여다보니 비취 바탕에 금무늬가 있는 진짜 나비였다. 나비의 다리를 꽃잎에다 풀로 붙여 놓았는데, 오래되어 보였다.

벽 위에는 이상한 글을 걸어 두었는데, 흰 종이에 가는 글씨로 벽면이 가로 차도록 족자처럼 걸어 놓았다. 글씨가 반듯했다. 다가가 읽어 보니 여태껏 본 적이 없는 아주 야릇한 글이었다. 나는 곧 주인에게 가서 벽에 걸린 글을 누가 지었느냐고 물었다. 주인은 모르겠다고 했다. 정 진사가 또 물어보았다.

"요즘 글 같은데 주인 선생이 지은 것이 아니오?"

그랬더니 심유붕이 대답했다.

"저는 글자를 읽지 못합니다. 게다가 거기 보면 누가 썼는지 이름도 없지 않습니까? 한나라가 있는 줄도 모르는 놈이 위나라며 진나라를 어찌 이야기하겠습니까?"

내가 물었다.

"그럼, 이 글씨는 어디서 났소?"

"며칠 전에 계주 장날에 샀습니다."

"베껴 가도 괜찮겠습니까?"

심유붕이 고개를 끄덕이면서 승낙하였다. 나는 종이를 갖고 다시 오겠다고 약속하고 나왔다.

저녁을 먹고 나서 정 진사와 함께 다시 그 점포로 찾아가니 벌써 촛불을 둘이나 켜 놓고 기다리고 있었다. 벽 앞으로 다가가서 족자를 벗겨 내리려 하자 심유붕이 심부름하는 아이를 불러 막대기로 내려놓아 주었다. 나는 또 물었다.

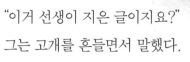

"이거 선생이 지은 글이지요?"

그는 고개를 흔들면서 말했다.

"그럴 리가 있겠습니까? 제가 마음에 부처님을
모시면서 어찌 함부로 거짓말을 하겠습니까?"

정군에게 중간부터 베끼라 부탁하고 나는 머리
부터 베껴 내려갔다. 심유붕이 물었다.

"그걸 베껴서 무엇 하시렵니까?"

"우리나라로 돌아가 사람들에게 읽어 주려
고 합니다. 배꼽 잡고 웃고 넘어지도록 웃게
하려는 것이지요. 입 속 밥알이 벌 날듯이
튀고, 갓끈이 썩은 새끼처럼 툭툭 끊어질
만큼 웃음을 터뜨리겠지요."

다 베껴 써서 숙소로 돌아와 불을
켜고 읽어 보니 정 진사가 베낀 데는,
빠진 글자도 있고 틀린 글자도
적지 않아 앞뒤가 맞지 않는
대목이 꽤 있었다. 내가 조금
손질해서 한 편의 글이 되도
록 하였다.

범의 꾸중 [호질虎叱]

범은 영특하고 갸륵하고 문무를 고루 갖추었으며 인자하면서 효
성스럽고 사리에 밝고도 어질다. 슬기로우면서 용맹스럽고 장하기까
지 하니 천하에 맞설 자가 없다. 적수가 없는 것이다.

그런데 비위가 범을 잡아먹고, 죽우란 짐승도 범을 잡아먹고, 박
도 범을 잡아먹는다. 오색사자도 큰 나무둥치 구멍에 있다가는 범을
잡아먹고, 자백이란 놈도 범을 잡아먹고, 표견이란 짐승도 휘익 날아
서 범을 잡아먹고, 황요란 놈도 범이나 표범의 염통을 꺼내 먹는다.
활이라는 짐승은, 범이나 표범에게 일부러 먹힌 후에 뱃속에서 그 간
을 뜯어먹고, 추이라는 짐승은 범을 만나기만 하면 짓찢어서 씹어먹
는다. 범이 맹용이란 짐승을 만나면 무서워서 눈도 제대로 뜨질 못하
는데 그런데도 사람은 맹용을 무서워하지 않고 범을 무서워하니, 도
대체 범의 위풍이 얼마나 당당한 것이기에 이러할까.

범이 개를 잡아먹으면 취하고, 사람을 잡아먹으면 신령스러워져
조화를 부리게 된다. 범이 처음 사람을 잡아먹으면 그 사람의 넋이
'굴각'이라는 못된 귀신이 되어서 범의 겨드랑이에 붙어 다음 먹이를
찾아준다. 굴각이 몰래 남의 집으로 범을 이끈다. 범이 솥 가장자리

※ 그런데 비위가 ~ 이러할까 — 비위를 비롯한 열 가지의 짐승은 모두 상상 속의 동물들이다.

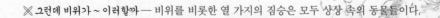

106

를 핥으면 그 집 주인이 갑자기 배가 고파져 한밤중에도 마누라를 부엌으로 내보내 밥을 짓게 한다. 범이 사람을 두 차례 잡아먹고 나면 죽은 넋이 '이올'이라는 못된 귀신이 되어 범의 볼따구니에 붙어살게 된다. 이올이 그렇게 범의 광대뼈 같은 데 올라가 있다가, 사냥꾼이 골짜기에 올무나 덫을 놓으면 먼저 가서 그것들을 풀어 버린다. 범이 사람을 세 차례 잡아먹으면, 그 넋이 '육혼'이라는 못된 귀신이 되어 범의 턱에 붙어살게 된다. 육혼은 제가 아는 친구들의 이름을 주워섬기며 범에게 알려 준다.

하루는 범이 그 귀신들을 불러서 물었다.
"날이 저물어 가는구나. 어디서 끼니를 치를까?"
굴각이 나서서 대답한다.
"제가 점찍어 두었습니다. 뿔 달린 것도 아니고 날개가 달린 것도 아닌데, 머리는 새까만 것이 눈길에 비틀거리면서 드문드문 발자국을 남기며 걷는데, 꼬리가 뒤통수에 올라붙어서 제 꽁무니도 못 가리는 놈이 있습니다."
이번에는 이올이 나섰다.
"저 동문께에 가면 의원이라는 먹이가 있습니다. 의원이란 것은 온갖 풀을 먹어서 고기가 향기롭지요. 또 서문께에 가면 무당이라는 먹을거리도 있습니다. 무당은 온갖 신을 섬기느라 날마다 목욕을 해서 몸이 깨끗합니다. 이 두 가지 고기 가운데서 골라서 잡수시지요."

범이 수염을 곤두세우며 화난 얼굴로 말했다.

"에이, 의원(醫員)이라는 말의 그 '의(醫)' 자는 의심한다는 '의(疑)' 자나 같지 않느냐. 그러니 의원이라는 것은 치료한답시고 제가 의심나는 것을 시험해 보느라 수많은 사람들을 해마다 수도 없이 죽이는 놈이 아니냐. 또 무당(巫堂)이라는 것에 붙은 '무(巫)' 자는 속인다는 '무(誣)' 자나 같으니, 무당이 그렇게 귀신을 속이고 사람들을 꾀어서 해마다 수많은 사람들을 죽게 하지 않느냐. 뭇사람의 노여움이 이들 두 놈의 뼈까지 스며들어 '금잠' 곧 독 든 누에가 되었을 것이다. 독해서 그걸 어찌 먹겠느냐?"

그러자 이번에는 육혼이 나선다.

"저 유림(儒林)이라는 숲에 가면 먹음직한 살코기가 있습니다. 어진 간에다 의로운 쓸개에 충성스러운 심장을 지니고 품행이 깨끗하며 음악을 즐기며 예절 또한 바르옵니다. 그뿐만이 아니라 입으로 온갖 성현의 말씀을 외고 정신은 만물의 이치에 통달하여 '덕이 높은 선비'라는 이름이 붙었습지요. 등도 통통하니 살이 오르고 몸집이 기름진 것이 진미를 맛볼 수 있습니다."

범이 그제야 눈썹을 실룩이며 침을 흘리면서 고개를 젖히고 하늘을 보고 웃으며 입을 연다.

※ 금잠(金蠶) — 『박물지(博物志)』에, "남방 사람이 금잠이라는 누에를 기르는데, 그 누에의 똥에 독이 들어 있어, 음식에 넣으면 사람이 죽을 수도 있다."고 쓰여 있다.

"그래? 좀 더 듣고 싶으니 자세히 말해 보거라."

굴각과 이올과 육혼이 서로 다투어 가며 떠드느라 입에 침이 마를 정도였다.

"음(陰) 하나와 양(陽) 하나를 '도(道)'라 하는데, 선비가 이런 이치를 하나로 꿰뚫었습니다. 만물의 다섯 가지 요소인 오행(五行)이 서로 낳고, 우주 변화의 여섯 가지 기운인 육기(六氣)가 서로 이끌어 가는 이치도 선비가 깨달았다 합니다. 세상의 먹이 가운데 이보다 좋은 것은 없을 것입니다."

범이 이 말을 듣고는 그만 실쭉해지면서 얼굴빛이 달라져 몸을 도사린다. 마뜩치 않은 듯한 목소리로 이렇게 말한다.

"음양이라는 것은 하나의 기운이 줄거나 느는 것인데, 그걸 둘로 나누었으면 그 고기가 잡탕이 될 것이 아니냐. 오행은 저마다 자리가 정해져 있어서 서로 살려 갈 수가 없는 것인데, 뭘 낳고 말고 하느냐. 공연히 어미와 자식처럼 만들질 않나, 짜니 시니 하며 갈라놓지를 않나, 이러고야 어디 그 맛이 온전하겠느냐. 또 육기란 것은 저절로 움직이는 것이라 누가 마음대로 이끌 수가 없는데 이끌어 주느니 도와 주느니 어쩌고저쩌고 하면서 제 공을 내세우려 하니, 그따위 것을 먹다가는 질기고 딱딱해서 체하지 않겠느냐."

정나라 어느 고을에 벼슬을 욕심내지 않는 북곽선생(北郭先生)이라는 학자가 살았다. 나이 마흔 살에 벌써 바로잡아 펴낸 책이 일만 권이나 되고, 또 사서오경의 뜻을 풀고 덧붙여서 지은 책이 일만오천

권이나 되었다. 천자도 그가 이룬 일을 훌륭하다고 칭찬하고 제후들도 다 선생을 우러러보았다.

그 고을 동쪽에 동리자(東里子)라는 어여쁜 과부가 살고 있었다. 천자는 이 젊은 과부의 절개가 놀랍다고 칭찬하고, 제후들도 과부가 현숙하다고 떠받들며 갸륵하게 여겼다. 나라에서는 동네 이름도 '동리 과부의 마을'이라고 붙여 주었다. 이처럼 동리자는 수절하는 과부로 알려졌으나, 사실은 아들이 다섯이었고 애비도 모두 달랐다.

어느 날 밤에 동리자의 아들 다섯이 한자리에 모여 주절거렸다.

"강 건너 마을에서는 닭이 울고 저 하늘엔 샛별이 반짝이는 깊은 밤인데, 안방에서 흘러나오는 말소리는 어찌도 북곽선생의 목소리와 비슷할까?"

다섯 아들이 차례로 문틈으로 들여다보니, 동리자가 북곽선생에게 청하고 있었다.

"오랫동안 선생님의 덕을 그리워해 왔습니다. 호젓한 이 밤, 선생님이 글 읽는 소리를 한 번 들으면 원이 없겠습니다."

북곽선생은 옷깃을 바로 여미고 단정히 앉아 시를 읊었다.

"병풍에는 원앙 한 쌍, 반딧불이 반짝반짝,

가마솥 세발솥 무얼 본떠 만들었나.

'흥(興)'이라는 기법으로 써 봤소이다."

다섯 아들이 수군거리며 말했다.

"북곽선생처럼 점잖은 어른이 설마 과부의 방에 찾아들 리가 있겠느냐?"

"우리 고을 무너진 성문 곁에 여우가 사는 굴이 있다잖아? 여우가 천년을 묵으면 사람으로 둔갑을 한다던데, 저것이야말로 필시 북곽선생의 탈을 쓴 여우가 틀림없어."

그러고는 함께 의논을 한다.

"들리는 말로는, 여우 머리를 얻으면 큰 부자가 된다고 하더라."

"여우 발을 가지고 있으면 대낮에도 남의 눈에 안 뜨인대."

"여우 꼬리를 가지면 애교를 잘 부리게 되어 사랑을 얻을 수 있다더구나."

"우리 저놈의 여우를 때려잡아 나눠 가지면 어떨까?"

다섯 아들이 안방을 에워싸고 우르르 쳐들어갔다.

방에 있던 북곽선생이 깜짝 놀라 허겁지겁 도망을 치는데, 행여 제 얼굴이 탄로날까 봐 머리를 가랑이 사이에 들이박고 도깨비처럼 춤을 추고 낄낄거리며 문밖으로 뛰어나가 줄행랑을 놓는다. 그렇게 미친 듯이 달아나다가, 그만 똥구덩이에 풍덩 빠져 버렸다.

허우적거리며 간신히 똥구덩이에서 기어 나와 머리를 들고 앞을 보니, 커다란 범이 턱하니 버티고 앉아 있는 게 아닌가!

범이 이맛살을 찌푸리며 구역질을 하다가, 코를 싸쥐고 고개를 외로 꼰 채 소리 질렀다.

"어이쿠, 이놈의 선비놈. 구린내가 진동하는구나!"

북곽선생이 머리를 조아리고 엉금엉금 기어 나와, 범에게 절을 공손히 세 차례나 한다. 그러고는 꿇어앉아 아뢴다.

"범님의 덕은 참으로 지극하옵니다. 세상의 큰 인물은 누구나 범님의 조화를 본받고, 임금 된 자들은 범님의 걸음걸이를 배우며, 자식 된 자들은 범님의 효성을 본으로 삼으며, 장수는 범님의 위엄을 본받습니다. 그 거룩하신 이름은 신령한 용님과 짝이 되시며, 두 분이 함께 바람과 구름을 다스리시오니, 땅바닥에 붙어사는 이 천한 것이야 그저 엎드려 정성을 다해 받들겠나이다.”

이 말에, 범이 꾸짖는다.

“아예 내 앞에 가까이 오지를 말아라. 전에 선비 ‘유(儒)’ 자가 아첨할 ‘유(諛)’ 자나 같다는 소리를 들었는데 과연 그러하구나! 전에는 온갖 악명이란 악명은 죄다 내게 갖다 붙이더니, 이제 다급하니까 낯간지럽게 아첨하는 그 말을 누가 곧이듣겠느냐? 천하의 이치란 것은 한 가지이니, 범의 본성이 악하면 사람의 본성도 악할 것이고, 사람의 성품이 착하다면 범의 성품도 착할 것이다.

너희 사람이란 것들은 입으로는 천 소리 만 소리가 모두 오륜(五倫)에서 벗어난 것이 하나도 없고, 가르치고 이르는 말도 사강(四綱)에서 벗어나는 말이 없다. 그런데 사람이 북적거리는 거리에 나가 보면 코를 베인 놈, 발꿈치 잘린 놈, 얼굴에 먹물을 들이고 다니는 놈들은 모두가 오륜이나 사강을 지키지 못한 놈들이니, 이게 다 어쩐 일이냐? 죄지은 놈을 잡아들이는 포승줄이며, 먹줄이며 도끼며 톱을 하루가 멀다 하고 써 대면서도 너희 놈들의 나쁜 짓들은 막을 수가

※ 사강(四綱) ― 유학자들이 중시하는 덕목들 네 가지.

없지 않더냐. 범의 세상에는 처음부터 이러한 악독한 형벌이란 것이 없다. 이것만 보아도 범의 성품이 사람보다 어질다 하지 않겠느냐?

범은 푸성귀나 과일을 입에 대지 않으며, 벌레나 물고기를 잡아먹지 않으며, 술 같은 것도 마시지 않는다. 새끼 가지거나 알을 품은 짐승이면 하찮은 것들도 차마 건드리지 않는다. 산에 들어가면 노루나 사슴을 사냥하고, 들로 나가면 말이나 소를 잡아먹지만, 끼니를 채우려 남에게 신세를 지지도 않고, 관청에 달려가 송사질을 하지도 않는다. 범이야말로 도리에 밝고 반듯하지 않느냐.

너희 사람 놈들은 범이 노루나 사슴을 잡아먹으면 미워하지 않다가, 말이나 소를 잡아먹으면 원수로 여기니, 그게 다 노루와 사슴은 사람에게 이로울 게 없지만, 말이나 소는 너희들에게 이익이 되니까 그러는 것인 줄 내 모를 줄 아느냐. 그런데 너희 사람이란 것들은 말이나 소가 허리가 부러져라 태워 주고 뼈 빠지게 일해 주며 한평생 사람을 따르고 섬긴 공을 한순간에 저버리어 날마다 푸줏간이 미어지도록 죽여서 뿔과 갈기까지 남기지 않더구나. 그러고도 내 끼닛거리인 노루와 사슴까지 마구 잡아서 내가 쫄쫄 굶도록 해서야 되겠느냐? 하늘이 공평하게 판결한다면 네놈들을 우리가 잡아먹으라고 할 것 같으냐, 그만두라고 할 것 같으냐?

제 것이 아닌 물건을 가져가는 놈을 도둑이라고 하고, 남을 못 살게 굴고 목숨을 함부로 빼앗는 놈을 강도라 한다. 너희들은 밤낮을 가리지 않고 팔 걷어붙이고 눈 부릅뜨고 함부로 남의 것을 빼앗고 훔치면서도 부끄러운 줄을 모르고 살지 않느냐. 심지어 돈을 형님이라 부르질 않나, 장군이 되겠다고 제 아내를 죽이는 놈까지 있으니, 이러고도 삼강이니 오륜이니 떠들 수 있단 말이냐.

어디 그뿐이냐. 메뚜기에게서 먹이를 빼앗고, 누에한테서 옷을 빼앗아 입고, 벌을 쫓아내어 꿀을 빼앗아 먹고, 심한 인간들은 개미 알로 젓갈을 담아서 제 조상께 제사를 지낸다니, 너희보다 잔인무도한 것이 어디 있겠느냐.

너희 사람이라는 것들은 세상 이치를 말하고 성정을 이야기할 때마다 툭하면 하늘을 들먹이지만, 하늘의 밝은 이치로 보자면 범이나 사람이나 다 같이 만물 가운데 하나일 뿐이다. 하늘과 땅이 만물을 낳아서 기르는 어진 이치로 보자면, 범이나 메뚜기나 누에나 벌이나 개미나 사람이 모두 하늘이 함께 기르는 것이니 서로 해칠 수 없는 것이다. 그리고 선악을 따져 보아도, 뻔뻔스레 벌과 개미의 집을 노략질하고 긁어 가는 네놈들이야말로 천하의 제일 큰 도둑이 아니고 무엇이며, 메뚜기와 누에의 살림을 마구 빼앗아 가는 것이야말로 가장 악독한 날강도가 아니고 무엇이냐.

범이 여태껏 표범을 잡아먹지 않는 것은 제 핏줄을 차마 해칠 수 없기 때문이다. 그뿐 아니라, 범이 노루나 사슴을 잡아먹은 것이 많다고 해도 사람이 노루와 사슴을 잡아먹은 것보다는 많지 않으며, 범이 말이나 소를 잡아먹은 것도 사람이 잡아먹은 것만큼 많지가 않느니라. 또 범이 사람을 잡아먹은 것이 많다 해도 사람이 저희들끼리 서로 잡아먹는 것에 비하면 많지 않다.

지난해 중국 섬서성에 큰 가뭄이 들자 사람들끼리 서로 잡아먹은 것이 몇 만이 되었고, 저지난해에 산동에 홍수가 나서 사람들끼리 서로 잡아먹은 것이 또 몇 만이나 되었다. 사람들끼리 서로 잡아먹은 걸로 말하자면 뭐니 뭐니 해도 춘추 시대보다 더한 때가 없으니, 춘추 시대에 정의를 위한답시고 싸운 난리가 자그마치 열일곱 번이나 되고, 원수를 갚는다고 벌인 싸움이 서른 번이나 되어 그때 흘린 피가 천 리를 물들였고 쌓인 시체가 백만이나 되었느니라.

범의 집안은 홍수나 가뭄 걱정이 없으니 하늘을 원망할 것도 없고, 원한이니 은혜니 하는 것도 다 잊고 지내니 누구를 미워할 것도 없다. 천명을 잘 알아서 따르며 사니 무당이나 의원에게 속아 넘어갈 일도 없고, 타고난 천성대로 살아가기 때문에 세상의 이해 다툼에 병들지도 않는다. 이리하여 범이 영특하고 거룩하다는 말을 듣는 것이니라.

어디 그뿐이겠는가. 호피의 얼룩무늬 한 점으로도 선비들이 자랑하는 글솜씨에 뒤지지 않으며, 사람들이 휘두르는 한 자 한 치짜리 칼은 없지만 날카로운 발톱과 이빨만으로도 천하에 용맹을 떨치고 있다. 제사 그릇에 범을 그린 것은 효도를 천하에 널리 가르치려는 뜻이며, 하루에 한번만 사냥을 하고도 까마귀나 솔개, 개구리나 개미들에게 찌꺼기를 남겨 주니 그 어진 마음이야 이루 말할 수가 없다. 모함을 당해 억울한 사람을 잡아먹지 않으며, 병이 든 사람도 잡아먹지 않으며, 상중인 사람도 잡아먹지 않으니, 그 의로움을 어찌 다 말할 수가 있겠느냐.

너희 사람이란 것들이 먹고사는 걸 보면 참 어질지 못하더구나.

덫이나 함정을 놓는 것만으로도 모자라 새 그물, 노루 그물, 후릿그물, 반두 그물, 자 그물 들을 만들었으니, 도대체 맨 처음에 그런 그물 만들 생각을 한 놈은 누구냐? 그걸 만든 놈이야말로 세상에 가장 큰 재앙을 끼친 놈이다. 그것으로도 모자라 또 온갖 창이며 도끼며 크고 작은 칼을 만들고, 대포란 것까지 만들어 한번 터뜨릴 때마다 큰 산을 무너뜨리고 천지에 불을 지르니 벼락보다·더 무섭다.

이러고도 그 못된 짓거리가 성에 안 차는지, 보드라운 털을 빨아서 아교를 붙여 '붓'이라는 걸 만들어 냈다. 끝이 대추씨처럼 뾰족하고 길이는 한 치도 못 되건만, 이 털 뭉치를 오징어 먹물처럼 시커먼 데다 적셔서 가로로 치고 세로로 찔러 댄단 말이다. 구불텅한 것은 세모창 같고, 날카롭기는 칼날 같으며, 두 갈래로 갈라진 것은 가장

귀창 같고, 곧게 벋은 것은 화살 같고, 팽팽한 것은 활 같아서 이 무기를 한 번 휘두르면 온갖 귀신들이 오밤중에 울부짖을 지경이다.

서로 잡아먹는 끔찍한 짓으로 사람이란 것들보다 더한 놈이 어디 또 있겠느냐."

북곽선생이 자리를 옮겨서 땅에 코를 박으며 두 번이나 절을 하고 머리를 조아리며 아뢴다.

"옛글에도 이르기를 '아무리 악한 자라도 목욕재계하면 하느님을 모실 수 있다.' 하였습니다. 땅바닥에 붙어사는 천한 몸이지만 아랫 자리에서 삼가 받들어 모실까 하옵니다."

북곽선생이 숨을 죽이고 가만히 귀를 기울이지만 아무런 분부가 없었다. 참으로 황송해서 엎드려 손을 맞잡은 채 머리를 조아리고 있

다가 가만히 고개를 들어 보니, 이미 날이 훤하게 샜다. 범은 사라지고 없었다.

이른 새벽 밭 갈러 나온 농부가 묻는다.

"선생님, 이 꼭두새벽에 벌판에 대고 웬 절을 하고 계십니까?"

북곽선생이 말했다.

"옛 성인께서 말씀하시기를, '하늘이 높다 해도 머리를 아니 숙일 수 없고, 땅이 두텁다 해도 조심스럽게 딛지 않을 수 없다.' 하셨느니라."

연암씨가 이르노라.

이 글은 지은이의 이름은 알 수 없지만, 근세의 어느 중국 사람이 분을 참지 못하여 지은 것인 듯하다. 세상 돌아가는 운세가 한밤중처럼 어두워 오랑캐의 행패가 맹수보다 더욱 심각한데도, 염치도 못 차리는 선비 나부랭이들이 경전의 글귀나 꿰어 가며 세상에 그저 아부만 하고 있다. 남의 무덤이나 파고 뒤지는 짓거리이니, 유학자들이야말로 범도 물어 가지 않을 것들이다.

이 글을 읽어 보면, 이치에 맞지 않는 점이 없지 않아, 『장자』의 '거협'이나 '도척' 편이나 비슷하다. 그러나 천하에 뜻있는 사람이라면 어찌 하루인들 중국을 잊고 지낼 것인가. 지금 청나라가 중국 대륙을 지배하여 4대를 거치면서 문화로 국가를 다스리고 무력으로 변방을 막아내며 백 년이나 안정을 누리고 있다. 이토록 세상이 평안하고 조용한 것은, 한나라나 당나라 때에도 볼 수 없었던 일이다. 이처럼 백성들을 잘 다스리고 보살피는 것을 보면, 오늘의 천자도 하늘이 마련한 우두머리이고, 다 하늘이 하는 일 아닌가 싶다.

옛날에 어떤 사람이 '하늘이 간곡히 일러 가르친다.' 하는 말에 의문을 품고 성인에게 여쭈었더니, 하늘의 뜻을 몸소 깨우친 성인은 '하늘은 말이 없이 행동과 일로써 보여 줄 따름이다.'고 대답했다. 성인에 비하면 어리석은 사람이지만 전부터 나는 이 대목에서 궁금한 점이 많았다. 이제 또 감히 묻고 싶다. 하늘이 행동과 일로 뜻을 드러낸다면, 오랑캐가 중국을 정복하여 자신들 마음대로 뜯어고치고 바꾸어 백성들이 치욕스러워하고 원망하는 일은 어떻게 하랴? 제사상에 올라온 제물도, 향기로운 것이 있고 비린 것이 있어, 저마다 그것을 차린 임자의 공덕이 다를 것이다. 그런데 신령들이 제물을 받을 적에 무슨 냄새로 가늠할 수 있을까?

사람의 처지에서 보자면 중국과 오랑캐는 뚜렷이 다르지만, 하늘의 입장에서 생각해 본다면 은나라 때 머리에 쓰던 한관이나, 주나라 때 쓰던 면류관이나 그저 당시의 제도일 뿐이다. 어째서 청나라 사람이 쓰는 붉은 모자만 의심할 일인가? 하늘이 정하면 사람은 어쩔 수 없이 따라야 한다느니, 또 많은 사람이 뜻을 모으면 하늘도 어쩔

※ 아무리 악한 자라도 목욕재계하면 하느님을 모실 수 있다 —『맹자(孟子)』이루(離婁) 하(下)에 나오는 말씀.

※ 하늘이 높다 ~ 않을 수 없다 —『시경(詩經)』소아(小雅) 정월편 시의 일부이다. 謂天蓋高(위천개고) 不敢不局(불감불국) 謂地蓋厚(위지개후) 不敢不蹐(불감불척).

※ 성인 — 맹자. 여기에 인용된 말은『맹자(孟子)』만장(萬章) 편에 나오는 말씀.

수 없다느니 하는 이야기가 떠돌아다닌다. 그러다 보니 이제는 사람과 하늘이 서로 돕는다는 이치도 무색하게 되었고, 옛날 성현의 말씀이 현실과 맞지 않으면 그저 천지의 운수가 다 그런 거라고 넘겨 버린다. 아이구, 이게 어찌 참된 운수란 말인가. 슬픈 일이다. 이미 명나라가 남긴 문화가 사라진 지 오래되고, 중국(한족) 선비들이 청나라 사람들처럼 머리를 깎는 풍습을 따른 지도 벌써 백 년의 세월이 흘렀다. 그런데 아직도 자나 깨나 가슴을 치며 명나라를 그리워하는 까닭은 무엇인가? 중화를 차마 잊지 못하기 때문이다.

청나라가 자기들을 위해 하는 짓도 어설프기만 하다. 지난날 오랑캐 왕조의 황제들이 중국을 본뜨다가 끝내는 중국에게 먹혀 버린 것을 기억하여 조심조심하다 못해, 쇠로 만든 비석을 새겨 파수 보는 활터에 세웠다. 자기 족속의 전통인 의관을 부끄럽게 여기던 청나라가 이제 새삼 그 복식을 한족에게 따르라 하며 자기들의 힘을 보여 주는 표시로 삼으려 하니, 어리석기 짝이 없는 일이다. 뛰어난 문물과 강력한 군사력으로 세워진 나라도 마지막이 있는 법이라, 마지막 임금은 그 잦아드는 운수를 어떻게 해 볼 수가 없는 것이다. 그까짓 옷차림새로 구차하게 무얼 어찌해 보겠다는 말인가?

의관이 싸움하는 데에 가볍고 편리한 것이라면 북쪽 오랑캐나 서쪽 오랑캐들의 옷차림이라 해서 받아들이지 못할 까닭이 없다. 천하에 우뚝 선 강대국이 되려면 서북 오랑캐들이 스스로 중국 풍속을 따르게 만들어야 할 것이다. 그런데 천하 사람들을 수치의 구렁텅이로 몰아넣고서는, '잠깐 치욕을 참고 나를 따라 강해지려무나.' 하고 호

령하는데, 나는 도무지 그 강해진다는 게 무엇인지 모르겠다. 신시와
녹림의 도둑떼만 눈썹을 붉게 칠하고 누런 수건을 두르며 남다른 표
시를 냈던 게 아니다. 의관이 중요하다면, 만일 어리석은 백성 한 사
람이 청나라의 붉은 모자를 벗어 땅바닥에 팽개쳐 버리는 날, 청나라
황제는 가만히 앉아서 천하를 잃게 되는 것이다. 지난날 스스로 뻐기
며 강자가 되게 하던 그것이 도리어 나라의 패망을 재촉하는 동티가
되는 짓인 줄도 모르고, 쇠 비석을 세워서 후손에게 교훈을 삼으라고
하니, 참으로 부질없는 일이라 하겠다.

   이 글은 본디 제목이 없었지만, 글 가운데 호질(虎叱)이라는 두
글자가 든 것을 보아서 '범의 꾸중'으로 제목을 삼는다. 중국 땅이 맑
아지기를 기다릴 뿐이다.

※ **신시와 녹림의 ~ 누런 수건을 두르며** ─ 중국 후한 때, 신시(新市)와 녹림(綠林) 일대에서
일어난 농민들의 난리를 말한다. 누런 수건 두른 무리가 황건적이다.

허생 이야기
글은 읽어

무엇 하렵니까

허생전

사대부란 것들이 도대체 어떤 놈들이오?
오랑캐 땅에서 태어난 주제에 자칭
사대부라고 뽐내니 이런 어리석은 것들이
있단 말인가? 바지며 저고리를 흰옷만
입으니 그게 상복이나 다름없고, 머리털을
한데 묶어서 송곳처럼 만드는 것도 남쪽
오랑캐들이 하는 방망이 상투나 다름없는데.
대체 그 잘난 예법은 무슨 예법이오?

옥갑에 돌아와서, 비장들과 침상을 나란히 하고 밤이 깊도록 이런 저런 이야기를 나누었다.

은혜를 저버린 역관

북경의 풍속 이야기가 나왔다.

옛날에는 북경 인심이 순해서, 우리 역관들이 부탁하면 만금이라도 선뜻 빌려 주었는데, 요즘에는 속여 먹는 것을 일삼게 되었다. 이 것도 사실은 모두 우리 쪽에서 그리 만든 일이라 한다.

삼십 년 전쯤 일이다. 빈손으로 북경에 갔던 한 역관이 돌아올 무럽이 되자 단골 상점 주인을 찾아가 작별 인사를 하며 몹시 서럽게 눈물을 흘렸다. 그 주인이 이상한 일이다 싶어서 왜 그러느냐고 까닭을 묻자 역관이 하소연을 했다.

"압록강을 건널 때 남이 부탁한 은을 숨겨 갖고 오다가 들켰지 뭡니까. 그 바람에 제 몫까지 관청에 빼앗기고 말았습니다. 이제 빈손으로 돌아가면 무얼 먹고살지 막막하기 짝이 없습니다. 차라리 죽는 게 낫겠습니다."

그러고는 역관이 칼을 뽑아들고 자살을 하려고 했다. 상점 주인이 놀라서 급히 그를 끌어안고 칼을 빼앗으며 물었다.

"빼앗긴 은이 얼마나 되는지요?"

"삼천 냥입니다."

주인이 위로하며 말했다.

"대장부가 몸이 없어질까 걱정이지, 어찌 돈 없어지는 것을 걱정한단 말이오. 만약 그대가 여기서 죽는다면 집에서 눈 빠지게 기다리는 처자식은 어찌 되겠소? 내가 만 냥을 빌려 줄 테니 다섯 해 동안 잘 늘리면 만 냥은 벌게 될 게요. 그때 가서 본전만 갚으시오."

역관은 얻은 돈 만 냥으로 이것저것 물품을 사서 돌아갔다. 이런

※ 옥갑(玉匣)에 돌아와서 ~ 이야기를 나누었다 — 「허생전」을 둘러싼 이 이야기들은 『열하일기』 가운데 '옥갑야화(玉匣夜話)' 편에 들어 있다. '옥갑야화'란 옥갑에서 밤새 나눈 수다들이라는 뜻.

사정을 모르는 사람들은 모두 그의 재주를 신통하게 여겼다. 과연 그는 다섯 해 만에 큰 부자가 되었다. 그러자 그는 역관들을 관리하는 사역원에 가서, 제 이름을 빼 버리고는, 다시는 북경에 가지 않았다.

여러 해가 지난 뒤에 그 역관은 북경 가는 친구에게 넌지시 부탁했다.

"북경에서 아무개라는 상점 주인을 만나면 그쪽에서 내 안부를 물어볼 것이네. 그러면 우리 가족이 모두 염병에 걸려 죽었다고 말해 주게."

친구는 그 이야기가 너무 허황하므로 거짓말하기 곤란해 주저하였다. 그러자 그는 이렇게 다시 꾀었다.

"자네가 그리 말만 해 준다면 백 냥을 주겠네."

친구는 북경에 가서 일을 보던 중 친구가 말한 아무개라는 상점 주인을 만났다. 과연 역관의 안부를 물어 왔다. 친구는 부탁받은 대로 그의 가족이 염병에 걸려 모두 죽었다고 대답했다.

그 말을 들은 주인은 몹시 슬퍼하며 눈물을 흘렸다. 애통함이 어찌나 심한지, 두 손으로 얼굴을 가리고 대성통곡을 하는데 눈물이 비 오듯 흘렀다.

"하느님, 어쩌자고 그 착한 사람 집에 참혹한 재앙을 내리셨습니까."

단골 상점 주인은 울면서 백 냥을 꺼내 그 친구에게 건네었다.

"처자가 모두 죽었다니 장례도 변변히 치르지 못했겠구려. 제사 지내 줄 사람도 없을 테니 조선에 돌아가시거든 내 대신 제사를 올려 주시오. 쉰 냥으로 제물을 사고, 쉰 냥으로는 재를 올려 명복을 빌어 주시오."

친구는 몹시 놀라고 기가 막혔지만 이미 거짓말을 한 뒤라 별수 없이 백 냥을 받아 가지고 돌아왔다.

돌아와 보니 역관의 가족들은 정말 염병에 걸려 모두 죽은 뒤였다. 아무도 살아남은 자가 없었다. 놀랍기도 하고 두렵기도 하여 그는 상인이 부탁한 대로 백 냥으로 제사를 올리고 재도 지내 주었다.

그러고는 '무슨 낯으로 그 단골 주인을 다시 보겠는가.' 하면서 죽는 날까지 다시는 북경에 걸음을 하지 않았다.

비단에 '보은(報恩)'을 수놓은 부인

홍순언(洪純彥)은 명나라 만력(1573~1620년) 때의 이름난 역관이었다.

그가 북경에 들어갔다가 어떤 기생집에 놀러 간 적이 있었다. 여자를 인물에 따라 값을 매겨 놓았는데, 하룻밤에 천 냥을 받겠다는 여자가 있었다. 홍순언이 호기심이 나서 천 냥을 내고 그 기생에게 하룻밤을 만나자고 청했다.

그 기생은 열여섯 살로 인물이 뛰어났다. 여자가 홍순언을 보더니 눈물을 지으며 속이야기를 털어놓았다.

"제가 이렇게 큰돈을 요구한 것은 이 세상 남자들이 다들 인색하여 천 냥씩이나 낼 리가 없다고 여겼기 때문입니다. 그렇게 당분간은 욕을 당하지 않으리라고 생각한 것이지요. 그렇게 하루 이틀 보내면서 기방 주인 눈을 속이다가, 혹시라도 어떤 의협심 있는 남자를 만나면 몸값을 갚고 첩으로라도 삼아 주기를 기다린 것이지요. 그런데 제가 이 술집에 들어온 지 닷새가 지났지만 천 냥을 갖고 오는 남자가 없더니, 오늘 다행히 천하에 의기 높은 분을 만나 뵙게 되었습니다. 그러나 손님께서는 외국 사람이시니 나라 법 때문에 저를 데리고 귀국할 수도 없을 터이고, 이제 이 몸이 한번 더럽혀지면 다시 씻을 수 없는 일이라 어찌할 줄을 모르겠습니다."

홍순언이 안쓰럽게 여겨 그 여자에게 기방에 팔려 오게 된 사정을 물어보았다.

"저는 남경 호부시랑 아무개의 딸이옵니다. 아버지께서 어떤 일에 얽혀서 죄를 지어 재산도 몰수당했을 뿐 아니라, 온 가족이 벌을 받게 되었습니다. 제가 아버지 목숨을 구하려고 기생집에 몸을 판 것입니다."

홍순언이 깜짝 놀라서 말했다.

"그런 줄을 몰랐구려. 그대가 이곳에서 벗어나려면 몸값으로 얼마나 갚아야 합니까?"

"이천 냥입니다."

이 말을 듣고 홍순언은 당장 이천 냥을 내어주고 바로 여자와 헤어졌다. 여자는 수없이 절을 하며 '은혜로운 아버지'라고 고마워했다. 그러고서 홍순언은 이 일을 까맣게 잊고 지냈다.

여러 해가 지나 홍순언이 또다시 중국
에 가게 되었다. 가는 길에 웬
사람들이 '홍 역관이 오
시느냐?'고 하도 물어
서 홍순언이 이상히
여기며 북경에 당도했
다. 북경 가까이 왔을
때 갑자기 길가에서 성
대하게 장막을 치고 그를
맞이하는 사람들이 있었다.

"병부상서 석(石) 대감 댁
에서 마중 나왔습니다."

홍순언이 그들을 따라 어느 집으
로 이르자, 석 대감이 몸소 나와서 맞이
하였다.

"장인 어르신, 어서 오십시오. 따님이 오랫동안
기다렸습니다."

석 대감이 그의 손을 이끌어 안채로 맞아 들였다. 잠시 후 그의 부
인이 곱게 꾸미고 뜰아래에서 절을 올렸다. 홍순언이 놀라고 당황해
서 몸 둘 바를 몰라 쩔쩔매자, 석 대감이 웃으며 말했다.

"장인께서는 오래 전에 이미 잊으셨나 봅니다."

홍순언은 그제서야 그 부인이 바로 자기가 기생집에서 구해 준 여

자라는 알게 되었다. 여자는 기생집에서 벗어나 바로 석성의 후처가 되었는데, 석성의 벼슬이 높아져 이제 병부상서가 된 것이다. 남편이 높은 자리에 오르자 부인은 손수 비단을 짜서는, 거기에 은혜를 갚는다는 뜻의 '보은(報恩)'이란 두 글자를 수놓았다고 한다.

홍순언이 떠나올 때 이 보은 비단뿐만이 아니라 여러 비단과 금은보화를 헤아릴 수 없이 많이 선물하였다.

그 뒤 임진왜란 때, 병부를 맡고 있던 석 대감이 조선에 구원병을 보내야 한다고 강하게 주장했는데, 다 이런 인연 때문에 조선 사람을 의롭게 보았기 때문이라 한다.

옛 주인과의 의리를 되살린 임씨 부자

북경 부자 중에 조선 상인과 친하게 지냈던 정세태(鄭世泰)라는 사람이 있었다. 북경 제일의 부자라는 소문이 자자했는데, 정세태가 죽자 그 집안이 순식간에 폭삭 망해 버리고 말았다. 정세태는 아주 잘생긴 손자를 하나 두었는데, 그 아이가 그만 놀이판에 광대로 팔리게 되었다.

정세태 밑에서 점원으로 일을 보던 임(林)씨가 나중에 큰 부자가 되었다. 임씨가 하루는 광대놀이를 구경하다가 하도 잘생긴 사내아이가 광대 노릇을 하는 것을 보고 마음이 쓰였다. 그러다가 그 광대가 정세태의 손자인 것을 알고는 서로 만나 부둥켜안고 한참을 울었

다. 임씨는 당장에 천 냥을 물어 주고 그 옛 주인의 손자를 제집으로 데려갔다. 집 안사람들에게 이렇게 말했다.

"잘 모셔라. 우리 집 옛 주인이니, 혹시라도 놀이판에 있던 사람 취급해서는 안 되느니라. 조금이라도 괄시해서는 안 된다."

정세태의 손자가 자라서 어른이 되자, 임씨는 자기 재산을 절반을 뚝 떼어 살림을 내주었다. 정세태의 손자는 살결이 희고 몸집이 통통하며 얼굴이 훤칠한 것이 아름다웠다. 임씨가 보살펴 준 덕에 그는 성안에서 연이나 날리면서 아무런 고생도 않고 잘 지내었다.

재산을 다 흩어 버린 통 큰 역관 변승업

예전에는 북경에서 물건을 매매할 때에 포장을 일일이 풀어 상품을 살피지 않아도 되었다. 포장해 준 대로 가지고 와서 장부와 맞추어 보면 조금도 틀리지 않았다.

한 번은 흰 털모자를 포장해서 부쳐 달라고 했는데, 짐을 받아서 풀어 보니 흰 털모자가 아니고 그냥 흰 모자들이었다. 미리 살펴보지 않은 것을 후회할 수밖에 없었다. 마침 정축년(1757년)에 두 번이나 국상이 나서 그 흰 모자들을 곱절로 비싸게 팔게 되었다고 한다. 그러나 이건 그저 운이 좋아서 이리 된 것이고, 북경 장사꾼들이 옛날 같지 않다는 증거이다. 요즘은 물건들을 단골 상점 주인에게 맡기지 않고 역관들이 직접 짐을 살펴보고 하나하나 다 포장을 하게 되었다 한다.

그러다 변승업(卞承業)이라는 역관 이야기가 나왔다.

변승업이 병에 걸려 자리에 눕게 되자, 돈놀이로 나간 돈을 모조리 헤아려 보았다. 회계를 맡은 점원들을 불러 모아 셈해 보니 은으로 오십만 냥이나 되었다.

그의 아들이 걱정이 되어 이렇게 말했다.

"이렇게 많은 돈이 풀려나가 있다니, 이것을 관리하는 일이 꽤 번

※ **국상(國喪)** — 국상은 왕실의 초상인데, 조선 시대엔 국상이 나면 온 백성이 상복을 입고 슬퍼했다. 1757년 2월에는 정성 왕후(貞聖王后) 서씨(徐氏)의 국상이, 3월에는 인원 왕후(仁元王后) 김씨(金氏)의 국상이 있었다.

거룹겠습니다. 오래가면 뒷날 탈이 날지도 모르니 모두 거두어들이는 게 좋을 듯합니다."

그러자 변승업이 벌컥 화를 내며 대답했다.

"이 돈이 바로 한양 일만 가구의 목숨줄인데, 어떻게 하루아침에 끊어 버린단 말이냐? 어서 셈을 정리하고 그대로 두도록 해라."

변승업이 늙었을 때 자손들에게 이렇게 가르쳤다.

"내가 섬겼던 조정의 대신들 가운데 나라 살림을 손에 넣고 자기 살림살이인 양 쥐고 흔든 분이 많았지만 삼대까지 내려간 사람이 드물었느니라. 이 나라에서 돈놀이하는 사람들이 다 우리 집에서 나가고 들어오는 돈을 보아 가며 기준을 삼는다 하니, 이리 보면 우리가 나라 살림을 쥐고 있는 셈이구나. 우리 집 재산들을 흩어 버리지 않으면 나중에 화가 되어 돌아올 것이다."

그래서 그 집 자손이 번창하여 많이 늘었지만 거의가 가난하게 살다 간 것은, 변승업이 늘그막에 재산을 많이 흩어 버렸기 때문이라 한다.

변승업 이야기가 나온 김에 나도 윤영(尹映)에게서 들었던 이야기를 꺼내 놓았다.

변승업의 조부 대에는 재산이 몇 만 냥에 지나지 않았는데, 허생이란 선비에게 은 십만 냥을 얻어 나라 안에서 첫째가는 부자가 되었다고 했다. 변승업 대에는 오히려 재산이 좀 줄어든 것이라 했다. 사람이 재산이 불어날 때에는 필시 어떤 운이 따르는 것 같은데, 허생이라는 사람의 일을 보아도 그러하다. 허생이란 사람이 끝내 제 이름을 밝히지 않아서 세상에 그를 아는 사람이 없다고 하였다.

윤영이 들려준 이야기는 이러했다.

허생이라는 양반 이야기

허생(許生)은 묵적골에 살았다. 남산 아래로 곧장 가면 은행나무가 서 있는 부근에 우물이 나오는데, 그 은행나무 맞은쪽에 비바람도 막지 못할 두어 칸 초가가 사립문을 열어 놓고 있었다. 그 초가집은 쓰러질 듯 기울어 있었다. 그런 집에서도 허생은 글 읽기만 좋아하여 아내가 삯바느질해 번 것으로 간신히 입에 풀칠을 하며 살고 있었다.

어느 날 아내가 배가 고파 울먹이며 말하였다.

"당신 평생 과거 한 번 보지 않으면서 글은 읽어 무엇 하렵니까?"

허생은 웃으며 대답했다.

"아직 글을 다 못 읽었다오."

"그러면 장인바치가 되어 뭘 만드는 것을 해 보지 그러오?"

"배워 본 적 없는 일을 내가 어떻게 하겠소?"

"그럼 장사라도 해 보든지요."

"참 당신도, 장사도 그렇지, 밑천이 없는데 장사를 어떻게 하겠소?"

아내는 버럭 화를 내며 소리를 질렀다.

"밤낮으로 글을 읽더니 기껏 '어떻게 하겠소?' 소리만 배웠단 말

이오? 장인 노릇도 못한다, 장사도 못한다, 그럼 도둑질은? 도둑질
도 못 한다 하겠어요?"

허생이 읽던 책을 덮고 일어섰다.

"안타깝구나. 글을 십 년 동안 읽기로 기약하고 이제 칠 년이 되
었는데……."

그러고는 휙 사립문 밖으로 나가 버렸다.

아무도 아는 사람이 없는지라 허생은 곧바로 운종가로 갔다. 붐
비는 길거리에서 오가는 사람들을 붙들고 물었다.

"한양 제일 부자가 누굽니까?"

마침 변씨라고 일러 주는 이가 있어 허생은 그 집으로 찾아갔다.

허생이 변씨를 보고 넌지시 인사하고는 말했다.

"내가 집은 가난하고 자그맣게 시험 삼아 무얼 좀 해 보고 싶은 게 있
는데, 만 냥만 꾸어 주시오."

"그러시오."

변씨는 두말없이 만 냥을 턱 내주었다. 허생은 고맙다는 인사도
않고 훌쩍 가 버렸다.

변씨의 아들이며 아우며 그 집 문객들이 허생을 보니 영락없는 거
지였다. 허리에 두른 실띠는 술이 빠져 너덜너덜하고, 갖신은 뒤가

※ **묵적골** — 묵적동(墨積洞)은 지금의 서울 충무로와 필동 근처.
※ **변씨** — 변승업의 조부일 듯.

짜그라졌으며, 쭈글쭈글한 갓에 허름한 도포를 걸치고, 코에서는 멀건 콧물이 줄줄 흘렀다.

비렁뱅이 꼴을 한 허생이 나가자 모두들 어리둥절해서 물었다.

"저분을 아십니까?"

"모르네."

"아니, 누군지도 모르는 사람에게 만 냥을 던져 주시고 이름도 묻지 않으시다니요. 대체 어인 일이십니까?"

"모르는 소리들 말게. 대개 뭘 빌리러 오는 사람은 으레 자기 생각을 그럴듯하게 부풀려 믿을 만하다고 떠벌리는 법이지. 얼굴에는 비굴한 빛을 띠고, 같은 말을 되풀이하게 마련이다. 그런데 아까 그이는 행색이야 비록 허술하지만 말이 짤막하고 눈빛이 당당한 것이 부끄러워하는 빛이 없더구나. 그는 분명 재물이 없어도 스스로 만족할 수 있는 사람이다. 그가 뭘 하려는지는 몰라도 아마 작은 일이 아닌 듯싶어, 나도 그를 한번 시험해 보려는 것이다. 주지 않으려면 몰라도, 이왕 내줄 바에야 이름은 물어서 무엇 하겠느냐?"

만 냥을 손에 넣은 허생은 집에 들르지도 않고 바로 안성으로 내려갔다.

안성은 경기도와 충청도가 붙은 곳으로 삼남의 길목이었다. 거기서 대추, 밤, 감, 배며 석류, 귤, 유자 따위의 과일들을 모조리 값을 곱이나 주고 사들였다. 허생이 과일을 몽땅 사들이자 나라 안에서는 당장 잔칫상이나 제사상에 올릴 과일을 구하지 못해 야단이 났다. 얼마 안 가서 허생에게 곱절 값으로 과일을 팔았던 장사꾼들이 열 배로

값을 쳐 주면서 도로 사 가게 되었다.

　허생이 길게 한숨지었다.

　"겨우 만 냥으로 온갖 과일 값을 좌지우지했으니 이 나라의 형편
이란 것도 알 만하구나."

　그는 다시 칼과 호미를 다 사들이고, 삼베니 무명이니 하는 옷감들
도 사들였다. 그것을 들고 제주도로 들어가 말총을 모두 사들였다.

　"몇 해 못 가 사람들이 머리를 동이지 못할 것이다."

　얼마 지나지 않아 과연 망건 값이 열 곱절로 뛰어올랐다.

　어느 날 허생이 바닷가로 나아가 늙수그레한 사공더러

물었다.

"혹시 바다 멀리 사람 살 만한 빈 섬이 없던가?"

"있습지요. 언젠가 태풍을 만나 서쪽으로 내리 사흘을 흘러가다가 어떤 빈 섬에 닿았겠지 뭡니까. 아마 사문과 장기 사이 어디일 것입니다. 누가 기르지 않는데도 꽃과 나무가 알아서 피고 온갖 과일들이 주렁주렁 매달리고, 짐승들은 떼를 지어 놀며 물고기들도 사람을 본 적이 없어 저를 보고도 놀라지 않았습지요."

허생은 뛸 듯이 기뻐하며 말했다.

"거기에 데려다 주면 부귀를 누리게 해 줌세."

사공이 허생의 말대로 하였다. 바람을 타고 동남쪽으로 가서 그 섬에 이르렀다. 허생이 높은 곳으로 올라가서 사방을 둘러보고 낙담하여 말했다.

"천 리도 못 되는 땅에서 무엇을 할 수 있으려나. 물이 넉넉하고 땅이 기름지니 그저 여유로운 늙은이로 살 수는 있겠구먼."

"그나저나 텅 빈 섬에 사람이라곤 하나도 없는데 누구와 함께 사실 것인지요?"

"덕만 있으면 사람은 따로 부르지 않아도 모이는 법일세. 사람 없음을 걱정할 게 아니라 덕이 없음을 걱정해야 할 것이네."

※ **사문과 장기** — 사문(沙門)은 지금의 마카오인 듯. 장기(長崎)는 일본 항구 도시 나가사키.

이 무렵에 도둑들이 전라도 변산에 떼를 지어 모여 있었다. 관청마다 군사를 풀어 다스리려 했지만 좀처럼 잡히지 않았고, 도적들도 노략질을 못 하여 배를 주리며 몹시 곤란한 지경이었다.

허생이 도적 떼가 있는 곳으로 찾아가서 우두머리를 만나 설득을 했다.

"천 명이 천 냥을 빼앗아 와서 나누면 한 사람 앞에 얼마씩 돌아가는가?"

"한 냥씩이지요."

"아낙들은 있는가?"

"없습니다."

"논밭은 있는가?"

도둑들이 어이가 없어 웃음을 터뜨렸다.

"땅이 있고 처자식이 있으면, 뭐가 답답해서 도둑이 된단 말이오."

"그 말이 사실이라면, 어째서 아내를 얻고 집을 짓고 소를 사서 논밭을 갈며 살지 않는가? 그러면 도둑놈 소리도 안 듣고, 집에서 부부끼리 즐겁게 지낼 수 있고, 잡힐까 걱정을 않아도 되고, 마음껏 먹고 입으며 편히 살 수 있을 텐데."

"아니, 그걸 누가 마다하겠소? 문제는 돈이 없어 못하는 것이지요."

허생이 웃으며 말했다.

"어째서 열심히 도둑질을 하면서 돈을 걱정하는가? 돈이라면 내가 마련해 주겠네. 내일 바닷가로 나오게. 붉은 깃발을 단 배에는 모두 돈을 가득 실었으니 마음대로 가져가게."

허생이 도둑들에게 약속을 하고 돌아가자 모두들 허생이 미친놈이라고 비웃었다.

이튿날 도둑들이 혹시나 하여 바닷가에 나가 보니 허생이 정말로 삼십만 냥이 되는 돈을 싣고 왔다. 모두들 눈이 휘둥그레져 주욱 늘어서서 허생에게 절을 했다.

"그저 장군의 명령대로 하겠습니다."

"힘자라는 대로 짊어지고들 가게."

도둑들이 앞다투어 돈을 짊어졌으나 백 냥도 넘게 지고 가지들을 못했다.

"겨우 백 냥도 못 지면서 무슨 도둑질을 하겠는가? 이제 양민이 되려고 해도 이름이 도둑 명단에 올랐으니 어디로 갈 곳이 없겠구나. 내가 여기서 기다릴 테니 백 냥씩 가지고 가서 여자 한 명과 소 한 마리를 거느리고 오너라."

그 말에 도둑들은 모두 신이 나서 흩어졌다.

허생은 그 동안 이천 명이 한 해 동안 먹을 양식을 장만해 놓고 기다렸다. 도둑들은 한 명도 빠짐없이 모두 돌아왔다. 그들을 배에 싣고 빈 섬으로 들어갔다. 허생이 도둑을 몽땅 데려가니 나라에서는 시끄러운 일이 사라지게 되었다.

섬으로 들어간 도둑들은 나무를 베어 집을 짓고 대를 엮어 울타리를 만들었다. 땅이 기름져서 온갖 곡식들이 잘 자라니 땅을 묵히지 않아도 한 줄기에 아홉 이삭씩 주렁주렁 매달렸다. 삼 년 치 양식을 갈무리해 두고는 나머지는 배에 실어 일본 장기도로 가져가 팔았다.

장기에는 삼십만 가구가 넘게 살고 있었는데 흉년이 들었던 터라, 곡식을 풀어 쉽게 은 백만 냥을 벌 수 있었다.

허생이 탄식하며 말했다.

"이제 나의 자그마한 시험이 끝났구나."

허생은 섬 안의 남녀 이천 명을 모아 놓고 이렇게 말했다.

"너희들과 이 섬에 들어올 때엔, 먼저 살림살이부터 넉넉히 하고서 글자를 따로 만들고 의관 제도도 새로 정하려고 하였다. 그런데 섬이 너무 작고 내가 덕이 모자라 그만한 일을 할 수가 없어 이제 나는 여기를 떠나려 한다. 다른 건 몰라도 아이를 낳거든 오른손으로 숟가락을 들게 하고, 하루라도 먼저 난 사람이 먼저 먹게 양보하도록 가르쳐라."

그러고는 섬의 배들을 모조리 불사르면서 중얼거렸다.

"가지 않으면 오지도 못하겠지."

또 돈 오십만 냥을 바다 한가운데 던져 넣었다.

"바다가 마르면 누군가 횡재할 사람이 있겠지. 이리 큰 돈은 한 나라에서도 다 쓸 수가 없을 터인데 이깟 작은 섬에서 무슨 쓸모가 있으랴."

그리고 글을 아는 사람들을 모조리 배에 태우면서 말했다.

"이 섬이나마 화근을 끊어야 할 것이다."

뭍으로 나온 허생은 나라 안을 두루 다니면서 가난하고 딱한 처지에 있는 사람들을 구제했다. 그러고도 십만 냥이나 남았다.

"그렇지. 이건 변씨에게 갚아야겠군."

허생이 변씨를 찾아갔다.

"나를 알아보시겠소?"

변씨는 놀라며 말했다.

"얼굴빛이 전보다 나아지지 않은 걸 보니 돈 만 냥을 다 날려 버렸나 보구려."

허생이 웃으며 대답했다.

"재물이 있다고 얼굴빛이 좋아지는 것은 당신들이나 그럴 것이오. 돈 만 냥으로 어찌 도(道)를 살찌게 하겠소?"

허생이 십만 냥을 변씨에게 내어놓으며 말했다.

"내가 한때의 굶주림을 견디지 못해 글공부를 하다 말고 당신에게 만 냥을 빌렸으니 참 부끄럽소."

변씨가 놀라서 일어나 허생에게 절을 하고는, 십만 냥을 사양하고는 십분의 일만 이자로 받겠다고 했다.

그러자 허생이 크게 화를 내며 소리쳤다.

"나를 장사치로 보는 거요?"

그러고는 소매를 뿌리치고 나가 버렸다.

변씨가 몰래 뒤를 밟아 보니, 허생이 남산 아래 다 쓰러져 가는 초가로 들어가는 것이었다. 우물가에서 빨래를 주물거리는 할미에게 변씨가 물었다.

"저 초가가 뉘 댁이오?"

"허 생원 댁이지요. 가난한 형편에도 글공부만 좋아하더니 어느 날 집을 나가서는 소식이 끊긴 지 오 년이 넘는답니다. 지금은 부인이 혼자 살고 있는데 남편이 집을 나간 날에 해마다 제사를 지낸답니다."

변씨는 그제야 그의 성이 허씨라는 것을 알고 한숨을 내쉬며 돌아갔다.

이튿날, 변씨는 받은 돈을 돌려주려고 그 집을 찾아갔지만 허생은 딱 잘라 거절하였다.

"내가 부자가 되려 했다면 백만 냥을 버리고 십만 냥을 받겠소? 그나저나 이제부턴 당신에게 의지해 살아갈 생각이니, 가끔 우리 집에 양식이나 챙겨 주고 옷감이나 보내 주시오. 그러면 일생이 넉넉하오. 뭣 때문에 재물을 쌓아 두어 골머리를 썩인단 말이오?"

변씨가 이런저런 말로 권해 보았으나 허생은 끝끝내 사양하였다.

변씨는 그때부터 허생의 집에 양식이나 옷이 떨어질 무렵이면 찾아가 도와주었다. 허생은 반갑게 받았으나 어쩌다 좀 많다 싶으면 마뜩찮은 얼굴로 말했다.

"어째서 내게 골칫덩이를 안기려고 하오?"

술병을 들고 찾아가면 매우 좋아하여 서로 권커니 잣거니 취하도록 마셨다. 이렇듯 몇 해를 사귀다 보니 두 사람은 날로 정이 도타워 갔다.

어느 날, 변씨가 넌지시 물어보았다.

"다섯 해 만에 어떻게 백만 냥을 버신 게요?"

"그거야 퍽 쉬운 일이라오. 조선은 배가 외국에 드나들지를 않으며, 또 수레가 나라 안에 다니질 못하니, 무슨 물건이든지 그 고장에서 만들어서 그 고장에서 쓰는 게 고작이오. 천 냥이라는 게 그다지 큰돈이 못 되니 어떤 물건을 몽땅 사들일 수가 없으니, 그걸 열 몫으로 나누어 백 냥씩 열 가지 물건을 사들인단 말이오. 몫이 적으면 이리저리 굴리기가 쉬워 어쩌다 한 물품에서 실패를 보더라도 다른 아홉 가지 물품에서 재미를 보면 되는 것이오. 이는 작은 이익을 탐내는 좀스러운 장사치들이 하는 짓이지요. 그런데 만 냥쯤 가지면 한 가지 물건을 모조리 사들여 독점할 수 있단 말이오. 수레면 수레째로, 배면 배 한 척에 실린 대로 전부를, 어느 고장이면 그 고장 물산 전부를 촘촘한 그물로 훑듯 모조리 사들일 수 있단 말이오. 뭍에서 나는 물건 만 가지 중에 한 가지를 모조리 사 두든지, 물에서 나는 만 가지 재화 중에 한 가지만 모조리 사 두어 뭔가를 슬그머니 독점해 쥐고 있든가, 의원이 쓰는 오만 가지 약재 가운데 하나를 몽땅 차지

하면, 그 한 가지 물건이 한 곳에 묶여 있게 되어, 장사꾼들은 그 물건을 구할 수가 없어 발을 동동 구르게 되지요. 사실 이것은 백성을 해치는 장사법이라오. 나중에 나랏일을 보는 자가 이런 방법을 쓴다면 반드시 그 나라가 위태롭게 될 것이오."

"내가 선뜻 만 냥을 꾸어 주리라 어찌 믿고 찾아왔습니까?"

변씨의 말에 허생이 이렇게 대답했다.

"꼭 당신이 아니더라도, 만 냥을 가진 사람이라면 내주지 않을 리가 없었을 것이오. 내 재주면 백만 냥쯤은 얼마든지 모을 수 있다고 생각했지만, 운수야 하늘에 달린 것이니 그걸 어찌 장담하겠소? 내 말을 들어주는 사람은 복이 있는 사람이라서, 반드시 더욱 큰 부자가 될 것이다 싶긴 하나, 모든 것이 다 하늘이 하는 일 아니겠소? 그러니 돈을 빌려 주지 않을 수 있겠소?

만 냥을 빌린 다음에는 그 돈 임자의 복을 빌려서 일을 하는 것이니 성공하지 않을 수가 없었던 게지요. 만약 내 수중의 돈으로 했다면 성패는 알 수가 없었을 것이오."

변씨가 이번에는 딴 이야기를 꺼냈다.

"요즘 사대부들이 병자년에 남한산성에서 오랑캐에게 당했던 치욕을 씻어 보고자 하니 지금이야말로 뜻있는 선비가 팔뚝을 걷어붙이고 일어설 때가 아니겠습니까? 선생은 그런 재주를 지니고도 어찌 세상을 모르는 것처럼 파묻혀 지내려고만 하십니까?"

"어허, 예로부터 묻혀 지낸 사람이 어디 한둘이겠소? 저 졸수재 조성기(趙聖期) 같은 분은 적국에 사신으로 보낼 만한 인물이었지만

154

벼슬을 하지 않은 채 평생 베잠방이로 늙어 죽었고, 반계거사 유형원
(柳馨遠) 같은 분은 전쟁이 터지면 군량을 조달할 만한 재능이 있었
건만 바닷가에서 떠돌다가 죽지 않았소? 지금 나라 정치를 맡은 사
람들이야 모두 알 만한 것들이지요. 나는 결국 장사로 돈을 잘 버는
사람이오. 내가 번 것으로 한 나라도 살 수 있었겠지만, 다 바닷속에
던져 버리고 왔다오. 도무지 이 나라에서는 쓸데가 없기 때문이오."

변씨는 한숨만 쉬다가 돌아갔다.

변씨는 전부터 정승 이완(李浣)과 잘 알고 지냈다.

어영대장이 된 이완은 변씨에게 요즘 시정 여염에 쓸 만한 인재가
없느냐고 물었다. 변씨가 허생의 이야기를 하니 이완 대장이 깜짝 놀
라면서 물었다.

"정말 그런 사람이 있단 말인가? 이름이 무엇인가?"

"소인이 그분과 벌써 세 해째 사귀었으나 아직 이름을 모릅니다."

"그가 바로 이인일세. 함께 찾아가 보세."

밤이 되자 이완 대장은 아랫사람을 다 물리치고 변씨만을 데리고
허생을 찾아갔다. 변씨는 이완 대장을 문밖에서 기다리게 하고 혼자
들어가 허생에게 이완 대장이 찾아온 사정을 전했다. 허생은 들은 척
도 하지 않았다.

※ 이완(李浣) — 조선 효종 때 무신(1602~1674). 병조 판서와 우의정을 지냈다.
※ 이인(異人) — 숨어 있는 비범한 인물.

"옆구리에 차고 온 술병이나 어서 끌러 놓으시오."

그러고는 즐겁게 술을 마셨다. 변씨는 이완 대장을 밖에 오래 서 있게 하는 것이 민망해서 몇 번이나 이야기를 했지만 허생은 들은 척도 하지 않았다. 밤이 깊어지고서야 허생이 말하였다.

"손님을 부르시오."

이완 대장이 방에 들어서는데도 허생은 자리에서 일어나지도 않았다. 몸 둘 곳을 몰라 하던 이완 대장이 나라에서 어진 인재를 구한다는 뜻을 설명했다. 허생이 손을 내저으며 말했다.

"밤은 짧고 이야기는 길구려. 지루하오. 당신은 지금 무슨 벼슬을 하고 있소?"

"어영대장이오."

"나라의 신임을 받는 신하인가 보오. 내가 제갈공명 같은 이를 추천하면, 당신은 임금께 아뢰어 임금님 친히 그분 오막살이를 세 차례 찾아가도록 할 수 있겠소?"

이완 대장이 고개를 숙이고 한참 생각하다가 말했다.

"어렵겠습니다. 그 다음 계책을 들려주십시오."

"다음 계책이라. 나는 둘째는 모르오. 차선책이라는 것은 배운 적이 없소."

이완 대장은 그래도 차선책을 들려 달라고 했다. 허생이 말했다.

"명나라 장졸들이 지난날 조선에 은혜를 베푼 바가 있다고 그 자손들이 우리나라로 많이 망명해 왔소. 그들이 정처 없이 홀아비로 떠돌고 있으니, 당신이 조정에 청하여 종실의 딸들을 그들에게 시집보

내고, 훈척이나 높은 벼슬아치들의 집을 빼앗아 그들에게 나눠 줄 수 있겠소?"

이완 대장이 또 머리를 숙이고 한참 생각하다가 대답했다.

"그것도 어렵겠습니다."

"이것도 어렵다 저것도 어렵다고만 하니 대체 할 수 있는 일은 무엇이오? 그럼, 퍽 쉬운 일이 하나 있는데 이것은 당신이 할 수 있는지 모르겠소."

"어서 들려주십시오."

"천하에 대의를 외치려면 먼저 천하의 호걸들과 사귀어 손을 잡아야 할 것이며, 남의 나라를 치려면 먼저 첩자를 들여보내지 않고는 성공할 수가 없는 법이오. 지금 만주족이 갑자기 천하의 주인이 되었으나 중국의 모든 종족을 다 마음으로 복종시키지는 못하고 있소. 마침 조선이 누구보다 앞장서서 섬기게 되니 저들이 우리를 가장 신뢰하고 있지 않소? 그러니 당나라나 원나라 때처럼 조선의 자제들을 청나라로 유학 보내고 벼슬도 하게 하고, 상인들도 자유로이 왕래하게 해 달라고 청하면, 청나라 쪽에서도 기뻐하며 허락할 것이오. 그게 성사되면 우리 젊은이들을 뽑아 청나라 식으로 머리도 깎이고 옷을 입혀서 선비들이 중국의 과거 시험을 치르게 하고, 서민들은 멀리 강남으로 가서 장사를 하게 하시오. 그렇게 해서 중국의 실정을 정탐하고 뛰어난 인물들을 사귀어 두어야 천하를 뒤집고 나라의 치욕을 씻을 수 있을 것이오. 그리고 만약 명나라 황족 가운데 중국을 다스릴 인물을 찾아보고, 마땅한 이가 없으면, 그곳 제후들과 상의해서

적당한 사람을 천자로 모셔야겠지요. 잘 되면 우리나라가 중국이라는 대국의 스승이 될 것이고, 설령 못 되어도 백구의 나라쯤은 될 수 있을 게요."

이에 이완 대장이 놀라서 이렇게 말했다.

"우리 사대부들이 예법을 몹시 조심스레 지키는 판에 누가 머리를 깎고 되놈의 옷을 입겠습니까?"

허생이 목소리를 높여 꾸짖었다.

"사대부란 것들이 도대체 어떤 놈들이오? 오랑캐 땅에서 태어난 주제에 자칭 사대부라고 뽐내니 이런 어리석은 것들이 있단 말인가? 바지며 저고리를 흰옷만 입으니 그게 상복이나 다름없고, 머리털을 한데 묶어서 송곳처럼 만드는 것도 남쪽 오랑캐들이 하는 방망이 상투나 다름없는데, 대체 그 잘난 예법은 무슨 예법이오?

옛날 번오기란 사람은 원수를 갚기 위해 제 목 자르는 것을 마다하지 않았고, 무령왕은 나라를 강하게 만들려고 되놈의 옷을 입는 것을 부끄럽게 여기지 않았소. 이제 명나라를 위해 원수를 갚겠다면서 그까짓 머리털 하나를 아끼고, 또 말을 달리고 칼을 쓰고 창을 찌르

※ 백구(伯舅)의 나라 ─ 천자와 성씨는 달라도 세력이 강한 제후국을 가리킨다.
※ 번오기(樊於期) ─ 중국 전국시대 때 진(秦)나라 장수. 자기 목에 현상금이 걸린 것을 알고, 형가(荊軻)에게 제 머리를 베어서 진 시황에게 접근할 때 가져갈 예물로 삼게 했다. 원수를 갚기 위해 제 목숨을 버린 사람이다.
※ 무령왕(武靈王) ─ 중국 전국시대 조나라 왕.

고 활을 당기며 돌을 던져야 할 판국에 치렁치렁한 소매 옷으로 뭘 할 수 있겠소? 이런 차림을 고집하는 게 예법이오?

내가 세 가지를 말했는데 당신은 한 가지도 실행하지 못하는 주제에 나라의 신임 받는 신하라고 감히 말할 수 있소? 신임 받는 신하라는 게 겨우 요 꼴이야? 이런 목을 쳐서 마땅한 놈!"

허생이 휘휘 둘러보며 칼을 찾아 찌르려고 하니, 이완 대장이 놀라 일어나 급히 뛰쳐나가 달아났다.

이튿날 다시 찾아가 보니 허생은 간곳없고 집은 텅 비어 있었다.

허생전에 덧붙이는 이야기 하나.

어떤 이는 허생이 명나라의 유민일 것이라고 했다. 명나라가 무너진 숭정 갑신년(1644년) 뒤로 명나라 사람들이 조선에 많이들 옮겨와 살았다. 혹시 허생도 그런 사람이라면, 성이 허씨가 아닐지도 모른다.

세상에는 이런 이야기도 전해진다.
조계원 판서가 경상 감사로 있을 때 지방을 둘러보러 다니다가 청

※ **조계원(趙啓遠)** — 인조, 효종 때의 문신(1592~1670). 청나라에 끌려간 소현세자를 시종했다. 형조판서를 지냈다.

송에 이르렀을 때의 일이다. 길 옆에 웬 중 둘이 서로 몸을 베고 누워 있었다. 앞에 선 마졸이 비키라고 고함을 질렀지만 그들은 피하지 않았다. 채찍으로 갈겨도 꿈쩍하지 않았고, 여럿이 덤벼들어 잡아끌어도 꿈쩍하지 않았다. 감사가 가까이 다가가서 가마를 멈추게 하고 물었다.

"어느 절의 중들인가?"

두 중은 마지못해 일어나 앉아서도 뻣뻣한 태도로 눈을 흘기다가 소리쳤다.

"너는 허세를 부리고 권력에 빌붙어서 감사 자리를 얻은 자 아니냐?"

조 감사가 두 중을 바라보니 한 명은 얼굴이 붉고 둥글고, 하나는 검고 길었는데 말씨가 예사롭지 않았다. 감사가 가마에서 내려 그들과 이야기를 하려고 하자, 중이 말했다.

"따르는 사람들을 물리고 홀로 따라오라."

조 감사가 몇 리를 따라가다 보니 숨은 가빠지고, 땀이 자꾸만 흘러 좀 쉬어 가자고 청했다. 그러자 중들이 화를 내며 꾸짖었다.

"평소에 사람들 있는 자리에선 언제나 흰소리를 하며, 갑옷을 입고 창을 잡고 선봉에 서서 위대한 명나라를 위해 복수하고 치욕을 씻겠다고 떠들지 않았느냐? 이제 겨우 몇 리도 걷지 않았는데 한 발짝 옮길 때마다 숨을 열 번이나 헐떡이고, 다섯 발짝 옮길 때마다 세 번을 쉬려고 하니, 이래 가지고서야 요동과 계주의 벌판을 어찌 달릴 수 있단 말이냐?"

어느 바위 아래에 이르러 보니 나무에 기대어 집이라고 얽어 놓았

는데, 밑에는 땔나무를 깔고 그 위에 앉도록 되어 있었다. 조 감사가 목이 말라 물을 달라고 하자 중은,

"응! 귀인이시니 배도 고프겠지."

하며 황정으로 만든 떡을 먹으라고 주며 또 솔잎 가루를 개울물에 타서 주는 것이었다. 조 감사가 오만상을 찌푸리고 먹지를 못하자 중이 다시 호통을 쳤다.

"요동 벌판에서는 물이 귀해서 목이 마르면 말 오줌이라도 마셔야만 해."

그러고는 두 중이 서로 부둥켜안고 "손 대감, 손 대감!" 부르며 통곡하다가 다시 조 감사에게 물었다.

"오삼계가 운남에서 군사를 일으켜 강소와 절강 지방이 들끓고 있다는 사실을 알고 있나?"

"모르는 사실이오."

두 중은 한숨을 쉬고 말했다.

"명색이 경상 감사라는 자가 천하에 이런 큰일이 일어난 것도 모르면서 큰소리만 치며 벼슬자리를 얻었구나."

조 감사는 그 중들더러 대관절 누구냐고 물었다.

"물을 것도 없네. 세상에 혹 우리를 아는 이가 있으려나 모르겠

※ 황정(黃精) — 둥굴레 뿌리. 신선이 먹는다고 전해져 온다.
※ 오삼계(吳三桂) — 명나라가 망하자 운남에서 군대를 모아 청나라에 대적하였다.

네. 여기 앉아서 잠깐만 기다리게. 우리 스승님을 모시고 올 텐데, 네 게 하실 말씀이 있으실 게야."

두 중은 그리 말하고 일어나 깊은 산속으로 들어갔다.

곧 해가 저물고 암만 기다려도 중들은 돌아오지 않았다. 조 감사는 밤이 깊도록 기다렸다. 밤이 깊어지자 숲에서 우수수 바람이 불며 범들이 싸우는 소리가 들려왔다. 조 감사는 기겁을 하여 거의 까무러 쳤다. 사람들이 횃불을 들고 감사를 찾으러 왔다. 조 감사는 그렇게 낭패를 당하고 산에서 내려왔다.

이런 일이 있은 뒤로 오랫동안 조 공은 늘 마음이 불안하고 속에 한을 품게 되었다. 뒷날 조 공이 그 일을 송시열 선생에게 말하고 의 견을 구하니 송 선생이 이렇게 말했다.

"그이들은 아무래도 명나라 말기의 총병관인 듯하오."

조 감사가 다시 이렇게 물었다.

"처음부터 저를 얕잡아 보고 대뜸 '너'라고 불러 댄 까닭은 무엇 일까요?"

"아마 자기들이 우리나라 중이 아님을 드러내려 한 것 같군요. 땔 나무를 쌓아놓고 앉은 것은 와신상담을 뜻하는 것이고."

"그들이 울면서 찾은 '손 대감'은 뉘실까요?"

"태학사 손승종을 말하는 것 같구려. 손승종이 산해관에서 군사 를 거느리고 있었으니 두 중도 아마 그의 부하일 게요."

허생전에 덧붙이는 이야기 둘.

스무 살 무렵 나는 봉원사에서 글을 읽고 있었다.

그때 절에 머물던 어떤 손님이 음식을 조금밖에 먹지 않으면서 밤새도록 잠을 자지 않고 도인이 되는 법을 익히고 있었다. 한낮이 되면 벽에 기대어 잠깐 눈을 감고 용호교를 했다. 나이가 상당히 많아 보여 나는 그를 공손히 대했다. 그는 허생 이야기도 들려주고, 염시도니 배시황이니 완흥군부인의 이야기들을 해 주었다. 이야기는 아주 재미나게 이어져서 며칠 밤 계속되기도 했는데, 황당하고 기이하며 괴상하고도 능청스럽기 짝이 없는 것들로 다 들을 만했다. 그는 자기 이름을 윤영이라고 소개하였다. 그때가 병자년(1756년) 겨울의 일이었다.

그 뒤 계사년(1773년) 봄에 평안도 쪽으로 놀러 간 적이 있다. 비류강에서 배를 타고 십이봉 아래 이르자 작은 암자가 하나 있었는데, 윤영이 중 한 사람과 거기 머물고 있다가 나를 보고는 뛸 듯이 반가워하였다. 서로 안부를 묻는데, 윤영은 열여덟 해 만에 보는데도 늙

※ 총병관(總兵官) ─ 중국 군대의 직책. 진(鎭)을 통솔하는 지휘관.
※ 와신상담(臥薪嘗膽) ─ 땔나무 쌓아 둔 위에서 잠을 자고 쓰디쓴 쓸개를 맛본다. 고된 생활을 하면서 치욕스러운 기억을 상기하면서 복수심을 벼리는 것.
※ 손승종(孫承宗) ─ 명나라가 망할 때의 병부상서. 청나라의 침입에 맞서 싸우다가 죽었다.
※ 용호교(龍虎交) ─ 물과 물의 교합이라는 원리에 따라 수행하는 양생법.

지 않았다. 당연히 나이가 팔십 넘었을 텐데도 걸음이 날아다니는 듯했다.

내가 허생의 이야기에서 한두 가지 미심쩍은 점을 물어보자, 그는 어제 일처럼 또렷하게 밝혀서 설명해 주었다.

"자넨 그때 『한창려집』을 읽고 있었지. 그럼 당연히……."

이어서 말하였다.

"허생전 말이야. 글은 완성을 하였겠지?"

나는 아직 짓지 못했다고 사과했다. 이야기를 나누다가 내가 "윤씨 어르신" 하고 불렀더니 그가 말했다.

"나는 성이 신(辛)가이지 윤가가 아닐세. 자네가 잘못 알고 있네."

내가 어리둥절해서 이름을 물었더니 그는 '색(嗇)'이라고 대답했다. 그래서 내가 따져 물었다.

"전에 이름이 윤영이라고 하지 않았습니까? 어째서 갑자기 이름을 '신색'이라고 바꾸어 말하십니까?"

그가 화를 벌컥 내며 말하였다.

"자네가 잘못 알고서 왜 남더러 이름을 고쳤느니 어쩌니 하나."

내가 계속 따지려 하자 노인은 더욱 화를 내며 푸른 눈동자를 번득였다. 그때 갑자기 노인이 무슨 사연을 지닌 사람이겠구나 하는 생각이 들었다. 역적으로 몰린 집안이거나, 아니면 이단아로 취급받아

※ 한창려집(韓昌黎集) — 당나라 때 문장가 한유(韓愈)의 문집.

세상을 피하고 자취를 감춘 무리인지도 모를 일이었다.

　내가 문을 닫고 떠나려 하자 노인은 혀를 차면서 이렇게 말했다.

　"딱하기도 하지. 허생의 아내는 또다시 굶주리게 됐을 게야."

　경기도 광주 신일사에 '삿갓'이라는 별호를 가진 이 생원이라 하는
노인이 있었다. 아흔이 넘었으나 힘이 범을 움켜잡을 만했다. 바둑과
장기를 잘 두었다. 우리나라 옛날 역사 이야기를 잘했는데 말솜씨가
어찌나 유창한지 휘리릭 바람이 몰아치듯 했다 한다. 노인의
이름을 아는 이가 없다 하는데, 나이와 모습을 들어 보
니 윤영과 꽤 닮았다. 한번 찾아가 만나 봐야지 벼르
기만 하고 아직 못 가 봤다.

　세상에는 이름을 감추고 숨어 살면서 세상을
조롱하며 살아가는 사람이 적지 않다. 어디 허
생만 그러하랴.

　평계(平谿)에 국화가 피어 술 한잔 마신 뒤
붓을 들어 썼다.

조선 사회를 이끈 직업, 역관

우리 없이 무슨 일을
할 수 있겠소?

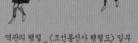

역관의 행렬 _ 〈조선통신사 행렬도〉 일부

'지구촌'은 지구 전체를 한마을처럼 여겨 이르는 말입니다. 교통수단이 발달하다 보니 지구는 그야말로 조그마한 마을이 되어 어디든 쉽게 오갈 수 있게 되었습니다. 그러나 외국에 나가 보면 어떤가요? 그 나라의 말을 유창하게 할 수 없다면 불편하기 짝이 없습니다. 조선 시대에 이런 불편을 해소시켜 준 사람들이 바로 '역관(譯官)'입니다.

어떻게 해야 역관이 되나요?

조선은 건국 초기부터 사역원(司譯院)을 두고 이웃 나라의 언어를 체계적으로 가르쳤습니다. 이때 가르친 외국어는 주로 중국어, 몽골어, 일본어, 여진어였는데, 사역원에서 교육을 받은 사람들은 역관을 뽑는 과거인 역과(譯科)에 합격하면 관리로 임용되어 통역과 번역을 맡아보았습니다. 이들이 바로 역관입니다.

이들은 사신과 함께 외국으로 파견되기도 했고, 외국에서 사신이 오면 그들을 맞아 통역의 임무를 수행했습니다. 그러니 역관이 되려면 외국어 실력과 함께 외교관으로서의 교양도 필요했습니다.

책임은 막중했으나 대우는 나빴다오!

역관은 양반과 평민의 중간에 있던 신분 계급이었던 중인(中人)에 속해 있었습니다. 전문직에 종사하는 고급 인력이라고 할 수 있는데, 양반들은 역관이 없으면 외교 업무를 해내기 어렵다는 것을 알고 있었으면서도 중인 출신인 역관을 업신여겼습니다.

조선 시대 역과 합격자는 모두 3천 명 정도였는데, 역관이 해야 할 일이 그리 많지 않아 한 관직에 여러 사람을 돌아가면서 근무시키고 근무한 기간 동안만 녹봉을 받는 체아직(遞兒職)을 주었다고 합니다. 그래서 사신을 따라 통역관으로 외국에 가는 것이 역관 최대의 바람이었습니다. 같은 역관이더라도 통역관으로 자주 외국에 나가는 사람과 그러지 못하는 사람은 사회적 지위와 재산이 매우 다를 수밖에 없었기 때문입니다.

역관에게 녹봉을 많이 줄 수 없자 태종 17년(1417)부터 사신을 따라 외국으로 갈 때 개인 물품을 가지고 가는 것을 허용했습니다. 그래서 인삼을 가지고 가서 팔거나 사치품을 사서 돌아온 뒤에 비싼 값에 팔아 이익을 취했습니다. 그런데 정화(鄭和)라는 역관은 상인들이 도라지를 인삼이라 속인 것을 모르고 그것을 사서 중국에서 팔다가 빚만 지고 가산을 탕진했으며 결국 귀양까지 가게 되었습니다.

▲ 「열하일기」_「옥갑야화」에 홍순언과 변승업 같은 유명한 역관들의 이야기가 실려 있습니다.

▼ 「노걸대」_조선 세종 때 편찬된 중국어 학습서. 고려 상인이 인삼 따위 특산물을 북경에 가져가서 팔고 그곳 특산물을 사서 귀국할 때까지의 과정과 여행이나 교역에 필요한 대화가 실려 있습니다. 그 밖에 사역원에서 외국어 학습 교재로 쓴 책으로는, 조선 선조 때 역관 강우성(康遇聖)이 쓴 일본어 학습서 「첩해신어(捷解新語)」를 들 수 있습니다.

무찌르자, 오랑캐!
무슨 소리, 선진국을 배워야지!

『허생전』에는 허생이 자기를 찾아온 이완에게 어떻게 해야 '나라의 치욕'을 씻을 수 있는지 훈계하는 장면이 나옵니다.

'남의 나라를 치려면 첩자를 들여보내지 않고는 성공할 수가 없는 법이오. 조선의 자제들을 청나라로 유학 보내고 벼슬도 하게 하고, 상인들도 왕래하게 해 달라고 청하면, 청나라 쪽에서도 기뻐하며 허락할 것이오. 그게 성사되면 젊은이들을 뽑아 청나라 식으로 머리도 깎이고 옷을 입혀서 선비들이 중국의 과거 시험을 치르게 하고, 서민들은 강남으로 가서 장사를 하게 하시오. 중국의 실정을 정탐하고 뛰어난 인물들을 사귀어 두어야 나라의 치욕을 씻을 수 있을 것이오.'

'나라의 치욕'이란, 조선 인조 14년(1636)에 청나라가 조선에 신하로서 예를 다하라고 요구한 것을 물리치자 청나라 태종이 20만 대군을 거느리고 침략한 병자호란을 말합니다. 인조는 삼전도에서 항복하며 신하의 도리를 다하겠다는 굴욕적인 협약을 맺습니다. 청나라는 소현세자와 봉림대군(효종)을 볼모로 끌고 갔으며, 양민들도 많이 끌고 갔습니다.

짐의 원수를 갚아야 하지 않겠소!

효종은 즉위하자마자 김자점(金自點) 등 청나라와 친한 신하들을 물러나게 하고는 송시열(宋時烈) 등 청나라에 강경한 입장을 취했던 신하들을 중용해 청나라에 쳐들어갈 계획을 추진합니다. 이러한 계획은 전란 때문에 나라가 붕괴될지도 모르는 위기를 극복하고 왕권을 강화하려는 의미도 갖고 있었습니다.

효종은 이완 등의 무신을 특채하여 군사를 양성하게 하는 한편, 일본으로 가다가 표류해 조선으로 잡혀온 네덜란드인 하멜을 통해 조총을 만드는 등 무기를 개량하는 데도 힘을 기울였습니다. 그러나 이러한 노력에도 불구하고 국제 정세가 호전되지 않았고 효종도 일찍 죽어 북벌을 실천으로 옮기지는 못했습니다.

오랑캐를 어찌 섬긴단 말인가!

송시열은 정통 성리학자로서 주자의 학설을 전적으로 신봉하고 실천하는 것을 평생의 업으로 삼았습니다. 이러한 태도는 전란 뒤의 사회적 동요를 수습해서 양반이 지배하는 체제를 다시 굳건히 하고, 나아가서는 조선과 명나라의 원수인 청나라를 공격해야 한다는 견해로 이어졌습니다. 그러나 효종의 죽음과 함께 미완성으로 끝난 송시열의 북벌 계획은 조선의 백성들에게 한민족의 자존심을 되돌아보게 했고, 부강한 조선을 건설해야 하는 책임감을 제시했다는 점에서는 의미가 아주 없는 것은 아니었다고 할 수 있습니다.

어찌 그리 현실을 모른단 말이오!

박지원은 효종이나 송시열과는 달리 '청나라의 선진 문명과 과학 기술을 배우고 받아들여 조선을 넉넉하면서 자주적인 나라로 개혁하는 것'을 신조로 삼고 있었습니다. 이러한 태도를 지닌 사람들을 '북학파(北學派)'라고 했습니다. 당시 지배 계층인 성리학자들은 청나라를 여진족이 세운 오랑캐의 나라로 보았기 때문에 강대국이었던 청나라의 존재를 철저하게 외면하고 이미 밀망한 명나라에 대한 의리와 병자호란의 치욕을 씻는다는 북벌론에 사로잡혀 있었습니다. 박지원이 보기엔, 청나라를 잘 알지도 못하면서 북벌 타령하는 것이 몹시 한심스러웠습니다.

함양 열녀 이야기

어찌 저승길 극락 가듯 하오

가는 것을

열녀함양박씨전

아, 슬프다! 이처럼 어려운 절개와 맑은 행실을 지킨 과부들이 당시에도 별로 드러나지 않고 뒷날에도 전해지지 않은 까닭은 무엇인가. 과부가 수절하는 일이 흔한 일이 되어 버려서이다. 온 나라의 누구나 하는 일이기 때문이다. 그러니 이제 목숨을 끊지 않고서는 과부의 절개가 표도 안 나는 시대가 된 것이다.

'열녀는 두 남편을 섬기지 않는다.'

중국 제나라 사람이 그런 말을 했다. 『시경』에 실린 '백주柏舟'라는 노래도 같은 주제를 담고 있다.

우리나라 법전인 경국대전에도 '시집을 두 번 간 여자의 자손에게 는 벼슬을 주지 말라'고 하였는데, 이것이 어찌 농사짓는 사람들이나 일반 백성들에게 주는 말이겠는가. 우리 왕조가 사백 년이나 이어오 는 동안에 백성들이 이 가르침을 깊이 받아들여, 여자는 귀하거나 천 하거나, 집안이 높거나 낮거나 가리지 않고 과부가 되면 수절하는 게 당연한 일이 되어 나라 전체의 풍속이 되었다.

오늘날의 과부란 과부는 죄다 옛날로 치면 열녀들이다. 농촌의 나 이 어린 아낙이든, 도회지의 젊은 과부들이든 친정 부모가 억지로 다시 시집을 보내려 하는 것도 아니고, 자손의 벼슬길이 막히게 된 것도 아닌데도, 혼자 과부로 살아가는 것만으로는 깨끗이 절개를 지킨다 하기에는 부족하다고 여기게 되었다. 그래서 대낮의 촛불처럼 무의미한 인생을 스스로 끝내 버린다. 그저 남편 곁에 묻히기를 바란다. 물에 빠져 죽거나, 불 속에 몸을 던지고, 독약을 마시거나 목을 매다는데, 그렇게 저승길 가는 것을 마치 극락이라도 가듯 한다. 열녀는 열녀지만 어찌 지나치다 하지 않겠는가!

옛날 이름 없는 과부 이야기

옛날에 이름난 벼슬아치 형제가 있었다.

하루는 형제가 어머니와 한방에 있을 적에, 누구누구의 벼슬길을 막자는 의논을 하고 있었다. 곁에서 듣던 어머니가 이렇게 물었다.

"무슨 허물이 있다고 남의 벼슬길을 막으려 하느냐?"

"그 윗대에 과부가 된 부인이 있었는데 바깥에 떠도는 말들이 좋지 않다고 합니다."

어머니가 놀라며 다시 물었다.

※ **대낮의 촛불**— 흔히 과부의 신세를 대낮의 촛불에 비겼다. 대낮에 켠 촛불이 희미하여 빛을 내지 못하듯이, 과부의 여생도 외롭고 고달프고 아무런 의미가 없다는 말일 듯.

"남의 집 안방의 일을 바깥에서 어떻게 아느냐?"

"바람처럼 떠도는 소문이지요."

"바람이란 소리만 있고 모습은 없는 것이다. 눈으로 보려 해도 보이는 것이 없고, 손으로 잡으려 해도 잡히지도 않으며, 공중에서 일어나서 온갖 것을 흔들어 놓는 것이 바람 아니냐? 어떻게 형체 없는 일을 가지고 남을 흔들려 한다는 말이냐? 더군다나 너희들도 과부의 자식이 아니냐? 과부의 자식이 과부에 대해 이러니저러니 해서야 되겠느냐? 거기들 앉거라. 내 너희에게 보여 줄 게 있다."

어머니가 품 안에서 엽전 한 닢을 꺼내 놓았다.

"이 엽전에 테두리가 있느냐?"

"없습니다."

"글자가 있느냐?"

"없습니다."

어머니는 눈물을 흘리며 말했다.

"이것은 이 어미가 죽음을 참아 낸 부적이다. 십 년 동안 만지고 만져서 테두리와 글자가 다 닳아 없어진 것이다. 사람의 혈기란 것이 음양에 뿌리를 두고 있고, 정욕은 혈기가 돌아 작용하는 것이며, 생각은 고독한 데서 나오고, 슬픔은 이런저런 생각에서 생겨나는 것이다. 과부야말로 고독한 처지요, 슬픔이 지극한 사람이다. 때때로 혈기가 왕성해지는데 어찌 과부라고 정욕이 없겠느냐? 가물거리는 등잔불 아래 제 그림자와 마주해 서로 위로하며 외로운 밤을 지새우는 것은 참으로 괴로운 일이다.

처마 끝에 빗방울이 뚝뚝 떨어진다든지, 창에 달빛이 하얗게 어른거릴 때 오동잎 한 장이 뜰에 툭 떨어지고, 외기러기 먼 하늘로 울고 가며, 멀리서 들려오던 닭 울음소리도 끊긴 깊은 밤, 어린 종년이 세상모르고 코를 고는데, 나만 홀로 잠 못 이루는 괴로움을 누구에게 호소하겠느냐? 그때마다 내가 이 엽전을 굴리었더니라. 이걸 굴려 놓고 어두운 방안을 두루 더듬어 찾아보면, 둥근 놈이 도르르 잘 구르다가도 어느 구석에 부딪쳐 쓰러지곤 하지. 그러면 그걸 찾아내어 다시 굴리고, 이렇게 보통 대여섯 차례 굴리고 나면 먼동이 뿌옇게 터 오더구나.

십 년 동안에 굴리는 횟수가 해마다 줄어들더니, 십 년이 지나고부터는 닷새에 한 번 굴리거나 열흘에 한 번 굴리게 되더라. 그러고는 혈기가 시들어지고 나서야 엽전을 굴리지 않게 되었단다. 내가 이것을 겹겹이 싸서 이십 년이나 간직해 온 것은 그동안 엽전의 고마움을 잊지 않으려는 뜻도 있고, 또한 내 스스로 경계하자는 뜻이다."

마침내 어머니와 아들들은 붙들고 울었다.

군자라면 이렇게 말하겠지.

"이야말로 열녀로다."

아, 슬프다! 이처럼 어려운 절개와 맑은 행실을 지킨 과부들이 당시에도 별로 드러나지 않고 뒷날에도 전해지지 않은 까닭은 무엇인가. 과부가 수절하는 일이 흔한 일이 되어 버려서이다. 온 나라의 누구나 하는 일이기 때문이다. 그러니 이제 목숨을 끊지 않고서는 과부의 절개가 표도 안 나는 시대가 된 것이다.

함양 박씨 과부 이야기

　내가 경상도 안의현의 현감으로 간 다음해인
계축년(1793년, 정조 17년) 일이다.

　날이 샐 녘에 잠에서 어렴풋이 깨었는데, 마
루 앞에서 사람들이 수군수군 말소리가 들려 왔
다. 마음이 아파 한숨짓는 소리도 났다. 급히
알릴 일이 있나 본데, 내 잠을 깨울까 봐서 조
심하는 듯했다. 내가 물었다.

　"닭이 울었느냐?"

　아랫사람들이 대답했다.

　"벌서 서너 홰나 울었습니다."

　"밖에 무슨 일이 있느냐?"

　"통인 박상효의 조카딸이 함양으로
시집을 갔다가 어린 나이로 과부가
되었는데, 삼년상을 마치고 나서
독약을 마셔 다 죽게 되었다 하
옵니다. 얼른 와서 돌보아 달라
는 기별을 받았으나 상효가

지금 당번이라 황공하여 가지를 못하고 있습니다."

근무 중이라 길을 못 떠난다는 말이다.

"어서 가 보라고 일러라."

저녁나절이 되어서 아랫사람더러 물어보았다.

"함양 과부가 살아났느냐?"

"벌써 죽었다 하옵니다."

"열녀로구나. 이 여자가 열녀로구나."

나는 길게 탄식하며 말하고 나서 아전들을 불러 물었다.

"함양의 그 열녀가 안의 고을 태생이라니 나이가 몇이고, 함양의 어느 집으로 시집을 갔는지, 어려서부터 마음씨며 행실이 어떠했는지 너희 중에 아는 자가 있느냐?"

그러자 아전들이 한숨을 지으며 대답하였다.

"대대로 이 고을에서 아전을 해온 박씨 집안 딸입니다. 그 아비 박상일이 이 딸 하나를 두고 일찍 죽었으며, 어미도 일찍 죽었습니다. 어려서부터 조부모 손에서 자랐는데 효성이 지극했습니다. 열아홉에 시집을 가서 함양 임술증의 처가 되었는데, 그쪽도 아전 집안입니다. 임술증이 본디 몸이 허약하여 초례를 치르고 반년도 되지 못해 죽고 말았습니다. 여인이 예를 다해 남편의 초상을 치르고, 시부모를 섬기는 데도 며느리의 도리를 다해, 두 고을의 친척과 이웃들이 모두 어질

※ 통인(通引) — 수령의 잔심부름을 하는 아전.

다고 칭찬했습니다. 오늘 이런 일이 생기고 보니 과연 그 칭찬의 말이 틀림이 없습니다."

그중의 늙은 아전이 깊이 느끼어 말하였다.

"박씨 여인이 시집가기 두어 달 전에 '술증의 병이 이미 골수에 들어 남편 구실을 할 가망이 없다 하는데 어쩌자고 혼인 약속을 물리지 않소?' 하고 일러 준 이도 있었습니다. 할아버지 할머니도 손녀를 조용히 타일렀지만 여인이 입을 다물고 대답하지 않았습니다. 혼인날이 다가오자 박씨 집에서 사람을 시켜 신랑 될 사람을 보고 오게 했는데, '신랑 될 사람이 생긴 것은 잘생겼지만 폐병에 시달리며 기침을 해 대는 모양이 마치 버섯이 서 있고 그림자가 걸어 다니는 것 같더이다.' 했답니다. 여자 집에서 겁이 더럭 나서, 혼처를 달리 알아보려고 했더니, 그 처녀가 얼굴빛을 가다듬고 이렇게 말하더랍니다. '저번에 지어 놓은 옷들은 뉘 몸에 맞추어 지은 것이옵니까? 뉘 옷이라고 하겠습니까? 저는 처음 바느질을 한 옷을 지키고 싶습니다.' 집안에서도 그 뜻을 꺾을 수 없어 정해진 대로 사위를 맞았던 것이지요. 혼인을 했다 함은 말뿐이고, 허수아비와 같이 지낸 것이고, 그저 빈 옷만 지켰다고 합니다."

얼마 후 함양 군수인 윤광석(尹光碩)이 밤에 이상한 꿈을 꾸고 느낀 것으로 열부전으로 지었고, 산청 현감 이면제(李勉齊)도 박 여인을 기리는 전기를 지었으며, 거창의 신돈항(愼敦恒)도 글하는 선비답게 박씨의 절개를 기려서 글을 썼다.

박씨의 마음이 어떠했을까? 차차로 이런 마음이 들지 않았을까? 나 혼자 짐작을 해 본다. '새파란 나이에 과부로 되어 살고 있으면 친척들이 오죽이나 나를 가엾이 여길까? 이웃들이 이러쿵저러쿵하는 소리도 아니 들리지는 않겠지? 이 몸이 서둘러 없어지는 편이 나을 것이야.'

아아, 슬프다.

그 여인이 초상을 치를 때 죽지 않은 것은 남편의 장사를 지낼 일이 있기 때문이고, 장사를 치르고 나서도 죽지 않았던 것은 소상을 치러야 하기 때문이다. 소상을 지내고도 죽지 않았던 것은 대상이 남았기 때문이었다. 대상을 지내고 나야 삼년상이 끝난다. 그래서 처음에 마음먹은 대로 소상 대상의 삼년상을 다 치르고 나서 남편과 한날한시에 죽은 것이다. 이 어찌 열녀가 아니겠는가?

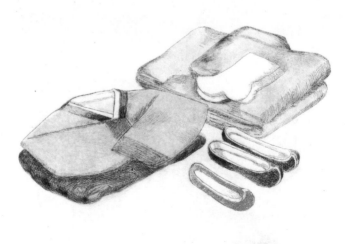

역사 법정

재가, 허용할 것인가? 허용하지 않을 것인가?

반대
『고려사(高麗史)』를 보니
'과부의 재가를 금하고 수절하지
못한 자는 절개가 없어 그런 것이니
수절하는 자에게는 상을
내릴 것'이라는 조항이 있더군.
어찌 조선만 이래라저래라 참견했다
하시오? 옛날부터 그래 왔소.

찬성
하나만 알고 둘은
모르는군요! 고려 공양왕이
법으로 재가를 금지하지는 했지요.
그런데 그건 평민들과는 상관이 없는 법이
었고, 또 제대로 지켜지지도 않았어요!
아들이든 딸이든 똑같이 부모님을 모시고
차례대로 돌아가며 제사도 지냈는데,
왜 여자만 재가를 금지시켜요?

**남자가
장가가던
고려 시대**
고려 시대의 결혼 제도는 조선 시대와는 달랐고, 여성의 지위가 사뭇 높았습니다. 결혼식은 처가에서 하고 일정 기간 남편이 처가살이를 했습니다. 그리고 이혼과 재혼이 자유로웠습니다.

'재가(再嫁)'는 결혼한 여성이 남편과 사별하거나 이혼하여 다른 남성과 결혼하는 것을 말합니다. 요즘에야 재가는 어디까지나 당사자의 뜻에 달린 문제지만, 조선 시대에는 그렇지 않았습니다.

박지원은 「열녀함양박씨전」 서문에서 귀천을 막론하고 과부에게 수절을 강요하여 '열녀(烈女)'를 만드는 현실을 개탄했는데, 과연 나라에서 개인의 삶을 이래라저래라 참견하는 것이 옳은 일일까요?

반대
굶주려 죽는 것은 사소한 일이지만, 절개를 잃은 채로 살아가는 것은 큰일이네. 주자(朱子)께서도 말씀하지 않았나. 더 말하지 말게.
-성종-

찬성
평생 수절을 하고 죽고 나서 영예를 얻는 게 무슨 소용이옵니까? 평생을 외로움과 굶주림에 시달리며 비참하게 사는 것도 억울하거늘, 자식들까지 벼슬길을 막다니요! 제발 백성들의 참상을 굽어살피시옵소서!

반대
전부터 지켜오던 법이 있는데, 어찌 하루아침에 바꿀 수 있겠소? 수절하는 풍습을 바꿔 재가하도록 하는 것은 옳지 않소.
-정조-

찬성
벼슬아치는 합독(合獨), 그러니까 과부와 홀아비처럼 외로운 사람들을 짝지어 주는 데 힘써야 합니다. 이것이 진정으로 백성을 위하는 길 아니겠습니까?
-정약용-

여자가 시집가던 조선 시대

조선 시대에는 유교 윤리를 앞세워, 고려 시대와는 달리 신랑이 신부를 맞아 데려왔습니다. 그러니까 고려 시대에는 남성이 장가를 갔다면, 조선 시대에는 여성이 시집을 가게 된 것이지요. 그리고 양반과 남성 중심의 사회 질서를 위해 성종은 과부의 재가를 금지하는 법을 시행했습니다. 재가한 사람의 자손은 과거에 응시할 자격까지 박탈해 버렸습니다. 이 법은 갑오개혁(1894년) 때 비로소 없어지게 됩니다.

『박지원의 한문 소설』 깊이 읽기

연암이 살아온 길, 연암이 쓴 소설

연암 박지원입니다

얼굴빛은 불그레하니 윤기가 흐르고, 쌍꺼풀이 깊이 진 눈에는 형형한 빛
이 번득이었다. 광대뼈가 불거져 나온 얼굴에는 구레나룻이 듬성듬성, 훤칠
한 키에 어깨는 떡 벌어지고 등은 곧게 펴 있어 풍채가 좋았다.

여름이면 더위와 모기가 앵앵거리는 소리가 싫어 집을 떠나 한양 탑골 근
처 다 쓰러져 가는 초가에서 지냈다. 몇 날 며칠이고 책 읽는 소리가 쟁쟁하
였다. 사흘이나 굶고 세수도 않고 머리에는 망건도 쓰지 않은 채 다리를 창에
턱하니 걸치고 누워서 행랑채 아랫사람과 이야기를 주고받곤 했다. 밥투정
하는 아이 버릇을 어떻게 들여야 하는지 따위 이야기도 재미나게 나누었다.
이따금 지나가는 참외 장수를 불러 공자님 말씀을 늘어놓기도 하고, 마당에
서 다리 부러진 까치에게 밥알을 던져 주며 장난을 치기도 하였다.

그러다가 벗이 찾아오면 배고픔도 잊고 세상 돌아가는 이야기며, 무엇이
좋은 글인지를 놓고 담소를 나누느라 하루해가 꼴딱 졌다.

위의 글은 아들 박종채와 주변 지인들의 기록에서 볼 수 있는 박지원의
모습입니다. 박지원은, 1737년 한양의 서쪽인 반송방(盤松坊) 야동(冶洞)에
서 태어났습니다. 지금의 중구 순화동과 의주로 어디쯤입니다. 그는 반남 박
씨 집안 사람으로, 이 가문은 재상이며 왕비, 부마 등을 꽤 많이 배출한 가문
입니다. 그의 할아버지 박필균도 참판까지 지냈습니다. 손자를 무척 아꼈었
던 이분은 권력가였지만 청렴하게 살아서 살림은 넉넉지가 못했습니다.

조선 시대에는 음서 제도가 있어서, 세도가 자손이면 조상의 덕으로 과거

치르지 않고도 거저 벼슬을 할 수 있었습니다. 그러니 박지원은 마음만 먹으면 평생을 명문가의 자손답게 순탄하게 살아갈 수 있었을 것입니다. 그런데 그는 오히려 세상을 비관하였지요. 당파 싸움이 심하여 하루가 멀다 하고 서로를 모함하고 죽이는 등 어수선하기 짝이 없는 시절이었습니다.

　연암은 열여섯 살에 결혼을 하면서 장인 이보천에게 『맹자』를 배우면서 공부에 뜻을 두게 되었고, 아내의 숙부인 이양천에게 문장 짓는 법을 배웠습니다. 남들보다 시작은 늦었지만 타고난 재능과 노력으로 오래지 않아 그의 학문과 문장은 주변에 알려지게 되었습니다. 하지만 박지원은 출세하고 세상에 이름을 드러낼 생각은 하지 않았습니다. 과거에 뜻을 두지 않았지요. 그의 스승인 처숙 이양천도 그런 박지원을 지지하고 격려했다고 하니 그나마 다행이었습니다. 어쩌다가 할 수 없이 과거 시험에 응시한다 해도 번번이 답지를 내지 않고 돌아옴으로써, 당시 시장바닥 같았던 과거장을 기피했습니다. 그는 그렇게 재능을 감춘 채 세상을 등지고 지내는 편이 낫겠다고 생각했습니다.

　이것은 한창 피가 끓는 청년 연암에게는 지극히 괴로운 일이었습니다. 타고나기를 태양처럼 밝고 높아서 매사에 강직하고 급한 성정을 지닌 연암은 되어먹지 못한 양반들이 허세를 부리며 당쟁을 일삼는 현실이 답답하기만 했습니다. 청년 박지원의 눈에, 세상은 불의와 위선으로 가득 찬 아수라장이었습니다. 그렇다고 그 판에 뛰어들어 물고 뜯으면서 살고 싶지 않았던 연암은 글을 씀으로써 세상을 조롱하고 풍자하는 것으로 가슴속 울분을 달래었습니다.

　이런 울분이 일찌감치 울화병이 되어 열여덟 살 이후로 평생토록 그를 괴

롭히게 되었는데, 밤이 되어도 쉽게 잠을 이루지 못하고, 밥을 먹어도 맛을
몰랐습니다.

그러고는 노인이 대뜸 창문을 열고 훌떡 들창을 걸어 올리니 바람이 시원
하게 불어와 내 마음속도 전보다 조금은 후련해졌다.
"밥을 잘 못 먹고, 잠을 잘 못 자는 것이 내 병이랍니다." ―「민옹전」

그러나 이미 그의 재능은 주위에 알려져 다 쓰러져 가는 그의 초가에 찾
아오는 손님들이 줄을 이었습니다. 박지원은 친구들을 좋아했습니다. 홍대
용과 서로 존경하며 교분을 나누었고, 처남 이재성과도 아주 가까웠습니다.
그는 친구를 사귐에 있어, 지위나 신분 고하를 따지지 않아서 양반들의 눈총
을 받기도 했는데, 서얼이나, 중인, 무반과도 친구를 하였습니다. 돼지 치는
종놈도 나무하는 머슴도 옳은 길을 보여 준다면 벗이라고 하였으니, 당시 사
회가 그어 준 경계선을 넘어 다닌 사람이라고 할 수 있습니다.
박제가, 이덕무, 유득공처럼 서얼 출신의 선비들이 특히 박지원을 따랐습
니다. 그들은 서양과 활발하게 교류하던 청나라의 문물을 받아들여 실제 생
활에 도움이 되게 하자고, 획기적인 주장을 하였는데, 그 당시는 병자호란의
상처를 상기하며 청나라 오랑캐를 정벌해야 한다는 이른바 '북벌론'이 대세
였습니다. 북학 하자는 것은, 세상의 주류 질서를 심각하게 거스르는 것이었
지요. 훗날 이들을 '북학파(北學派)'라 합니다. 그리고 연암을 스승으로 삼
았던 박제가, 이덕무, 유득공, 이서구는 중국에서도 이름을 날렸는데, 네 사
람의 시를 모은 책이 중국 땅에서도 간행되어 칭찬을 받았습니다. 네 사람을

'사가시인(四家詩人)'이라고도 합니다.

연암 인생에서 마흔네 살 되던 1780년 더없이 근사한 일이 벌어졌는데, 말로만 듣던 중국 땅을 밟게 된 것입니다. 영조 임금의 부마인, 연암의 팔촌 형 박명원이 이끄는 청나라 건륭황제의 70세 생일 축하 사절단에 뽑힌 것입니다. 중국을 둘러보고 돌아와서 그 견문과 감회를 「열하일기」에 담았는데, 이 사람 저 사람 베껴 써서 돌려보는 바람에 이름이 널리 알려지게 됩니다.

이런 그의 재주를 아깝게 여긴 정조의 배려로 나이 쉰 살에 궁궐의 공사 일을 맡아보는 선공감 감역으로 때늦은 벼슬길에 나섭니다. 이후 안의 현감, 면천 군수, 양양 부사로 벼슬을 하였지요. 그러다가 1801년 박제가가 신유 사옥에 연루되어 종성으로 유배를 다녀오면서 신변의 불안을 느껴 벼슬을 마감합니다.

그리고 젊어서부터 그를 괴롭힌 울화병으로 자리에 누워 약도 쓰지 않은 채 앓다가 1805년 69세의 나이로 세상을 뜨게 됩니다.

변두리 인생들이 바라보는 세상

이 책에 실린 연암의 한문 소설에서 좀 더 깊이 읽어 볼 점은 다음과 같습니다.

첫째는 연암의 소설들은 세상을 등지고 변두리에서 맴도는 사람들의 이야기라는 점입니다. 「광문자전」, 「예덕선생전」, 「민옹전」, 「김신선전」이 그러합니다. 이 소설들에는 집도 없이 떠도는 걸인이거나, 더러운 거름을 쳐내는 사람, 우스갯소리로 살아가는 노인, 어지러운 세상을 등지고 신선인 듯

살아가는 사람처럼. 남에게 업신여김을 받거나 뒤로 밀려난 사람들이 주인공으로 등장합니다. 이런 변두리 인생들을 주인공으로 내세운 것은, 당시 권력의 중심에 있던 양반들이 오로지 명성과 권력을 잡기 위해 허세와 위선에 빠져 있는 것을, 변두리 인생들을 통해 꼬집으려 함이었습니다.

「광문자전」에서는 집도 없고 처자도 없이 걸인으로 떠돌아다니면서도 세상 사람들에게 존경을 받는 광문을 통해 오로지 명성을 얻기 위해 온갖 협잡과 허세를 부리는 양반들을 무색하게 만드는 한편, 「민옹전」에서는 민 노인의 입을 빌려, 하는 일 없이 밥이나 축내는 선비들을 '황충' 그러니까 버러지들이라고 꼬집고 있습니다.

"그런 작은 벌레들은 걱정거리도 아니네. 내가 보기에 종로 거리를 가득 메우고 다니는 것들이 모두 황충일세. 길이는 모두 칠 척 남짓이고, 머리는 검고 눈은 반짝거리는데 입은 커서 주먹이 들락날락할 정도이지. 웅얼웅얼 소리를 내고 꾸부정한 모습으로 줄줄이 몰려다니며 곡식이란 곡식은 죄다 먹어 치운다네. 이것들을 잡으려고 했지만 퍼 담을 만큼 큰 바가지가 없어 아쉽게도 잡지를 못했다네." - 「민옹전」

또한 남들이 모두 업신여기는 엄 행수를 예덕선생이라 칭송하는데, 무엇보다 그가 자신의 맡은 일에 최선을 다하면서도 명성을 얻으려 하지 않고, 더러움 속에서 곡식을 길러 내고 깨끗함을 만들어 내는 등 덕이 높다고 적음으로써, 일은 하지 않으면서 혼자 깨끗한 척하는 양반들의 허세를 비판하고 있습니다.

"엄 행수가 똥거름을 나르며 먹고 사는 것이 더럽다 할지 모르지만 그 사람의 삶은 지극히 향기로우며, 그가 지저분한 곳에서 일한다지만 의리를 지키는 점은 지극히 고결하다 하겠네. 그런 뜻을 생각해 보면 아무리 높은 벼슬을 준다 해도 그를 마음대로 움직일 수는 없을 걸세.

이런 것을 보면, 깨끗한 가운데서도 깨끗하지 못한 것이 있고, 더러운 가운데도 더럽지 않은 것이 있다는 말이네." —「예덕선생전」

양반이 제대로 서지 못하면 나라 꼴이 어찌 되겠는가

두 번째로는 「호질」, 「허생전」, 「양반전」처럼 당시 조선 사회를 주도하던 양반들의 무능과 무지를 비판하고 그를 깨우치려는 점입니다.

연암이 살아가던 시대는 양반이 주도하는 사회였습니다. 그런 중에 양반의 수가 늘면서 조세와 토지 제도가 문란해지고 빈부 격차가 심해지면서 강고했던 양반 제도에도 틈새가 벌어지게 됩니다. 몰락한 양반들이 극심한 가난을 견디지 못하여 양반 신분을 팔고 사는 일이 벌어지는 한편, 노비들이 신분의 억압을 견디지 못하고 달아나는 일들도 잦아졌습니다. 또한 벼슬길에 나서지 못하는 서얼 출신의 인재들이 불만을 갖고 신분의 한계를 넘어서려고 집단적으로 움직이기 시작한 시기이기도 합니다. 전반적으로 나라가 어지러운 가운데 중국을 통해 개혁의 바람이 밀려들면서 조선이라는 나라에도 변화의 요구가 도처에서 밀려오기 시작합니다.

그러나 현실적으로 당시 사회는 신분과 직업에 따라 엄격한 차별이 여전하였는데, 연암은 그것이 빠르게 변해 가는 시대 상황에 맞지 않는 일이라고 생각했습니다. 서양과의 교역으로 눈에 띄게 발전한 중국의 문물을 직접 눈으로 보고 돌아온 연암은 무엇보다 새로운 문물과 기술을 받아들여 실제 백성들이 살아가는 데에 도움을 주는 학문의 필요성을 절감하게 됩니다.

이를 위해서는 무엇보다 참신한 인재를 발굴하는 것이 중요한데, 여전히 양반들은 낡은 유학의 주변에 주저앉아 성현들의 옛글이나 본뜨고 있었지요. 그렇게 옛글만 뒤적거리는 것을 '무덤 도적질'이라고 했습니다. 「호질」 뒤에 덧붙이기를, "남의 무덤이나 파고 뒤지는 짓거리이니, 유학자들이야말로 범도 물어 가지 않을 것들이다." 하고 신랄하게 비판했습니다. 당시 양반들의 모습을 몹시 한심하게 여긴 것이지요.

명문가의 양반 출신이면서도 연암이 서얼 출신의 젊은 학자들과 격의 없는 교유를 하고, 중인 신분인 역관과 어울리며, 참외 장수나 땔나무 장수 같은 장사꾼들과도 가까이 지낸 연유가 여기에 있습니다.

당시에는 '글'이라면 당연히 양반들의 이야기를, 양반들이 쓰고, 양반들이 생각하는 것이 글이었지만, 연암은 달랐습니다. 『열하일기』 속 '옥갑야화'는 역관들과 이마를 맞대고 수다 떤 이야기를 적어 놓은 것인데, 양반의 주변에 머물던 중인들의 눈으로 바라본 세상을 소설의 형식에 담아낸 것이라 하겠습니다.

한편 중국을 다녀온 연암은, 발전된 중국의 문물에 대한 각성과 세계정세의 변화에 제대로 대응하지 못한 채 오로지 시대에 뒤떨어진 낡은 글을 베껴서 제 명성을 높이려는 양반들에 대해 '허생'의 입을 빌려 매섭게 비판합니다. 이미 망해 버린 명나라를 여전히 잊지 못한 채, 중국을 발전된 문물로 이

끌어 가는 청나라를 업신여기는 존명배청의 그릇된 외교관과 우리나라가 작은 중국인 양 허세를 부리는 사대부들의 무능과 무지를 꼬집고 있습니다.

"사대부란 것들이 도대체 어떤 놈들이오? 오랑캐 땅에서 태어난 주제에 자칭 사대부라고 뽐내니 이런 어리석은 것들이 있단 말인가? 바지며 저고리를 흰옷만 입으니 그게 상복이나 다름없고, 머리털을 한데 묶어서 송곳처럼 만드는 것도 남쪽 오랑캐들이 하는 방망이 상투나 다름없는데, 대체 그 잘난 예법은 무슨 예법이오?" - 「허생전」

이렇게 「허생전」에서 허생이 이완 대장을 상대로 호통을 치는 장면은, 박제가가 지은 「북학의(北學議)」의 앞머리에 써 준 연암의 글에도 잘 담겨 있으니, 이것은 소설 쓰려고 지어낸 글이라기보다 평소 연암이 지니고 있던 생각을 자연스레 소설로 담아낸 것이라고 보아야 할 것입니다.

우리나라는 저 중국(청나라)과 비교한다면 정말 한 치도 나을 것이 없으련만, 유독 한 움큼 상투 트는 것을 가지고 자신들이 천하에 제일인 체하면서, 오늘의 중국은 옛날의 중국이 아니라고 말한다. 중국의 산천은 누린내가 난다고 책망하고, 그 인민은 개나 양이라고 욕하며, 그들의 언어는 되놈의 말이라고 업신여길 뿐 아니라, 중국 고유의 좋은 법과 아름다운 제도마저 아울러 배척한다. 그렇다면 장차 어느 나라를 본받아 나아갈 참인가.
　― 「북학의 서문(北學議序)」 중에서

그렇다고 해서 연암이 자신이 속해 있던 양반 계층을 무너뜨리려고 한 것은 아닙니다. 다만 허세와 무능으로 망가진 양반들을 깨우쳐 제대로 된 양반으로 만들려는 생각을 지니고 있었습니다. 가난한 양반의 빚을 갚아 주고 돈으로 양반 신분을 사들인 부자를 골탕 먹여 스스로 양반의 직함을 내어놓게 하는 고을 사또의 기지는 바로 그러한 양반 계급을 어떻게든 지키려는 면면을 보여 줍니다.

그러고 나서 아전이 여기저기 도장을 찍는데, 그 덜컥거리는 소리가 임금이 행차하실 때 치는 큰북소리 같았으며, 모양은 북두칠성과 삼태성이 가로세로로 늘어선 것 같았다. 호장이 문서를 다 읽고 나자, 부자가 어처구니가 없어 한참 멍하니 있다가 가까스로 입을 열었다.

"양반이라는 것이 겨우 이것뿐입니까? 저는 양반이란 것이 신선 같다고 들었는데 정말 이런 것이라면 엄청나게 속은 것입니다. 제발 제게 좀 이롭도록 고쳐 주십시오."–「양반전」

질서와 권위에 대한 도전

다음으로 연암의 소설들이 지니고 있는 에두르고 눙치며 꼬집는 '곁말의 즐거움'을 볼까 합니다. 이는 당시 사회의 절대적인 권력과 질서에 저항하고 대안을 찾아 나서는 연암의 도전적인 글쓰기의 한 방편이라 하겠습니다.

「호질」이나 「허생전」에서 보여 주듯이, 당시의 완고한 양반들을 정면에서 비판하기보다는, 소설이라는 허구의 형식을 빌려서 돌려서 비틀고 풍자

했는데, 이것이 재미와 더불어 통쾌함을 줍니다. 권력을 손에 쥐고 입으로 큰소리만 치면서 실천은 제대로 하지 못하는 양반들의 허세를 풍자하는 장면을 읽노라면 절로 웃음이 나옵니다.

"평소에 사람들 있는 자리에선 언제나 횡소리를 하며, 갑옷을 입고 창을 잡고 선봉에 서서 위대한 명나라를 위해 복수하고 치욕을 씻겠다고 떠들지 않았느냐? 이제 겨우 몇 리도 걷지 않았는데 한 발짝 옮길 때마다 숨을 열 번 이나 헐떡이고, 다섯 발짝 옮길 때마다 세 번을 쉬려고 하니, 이래 가지고서야 요동과 계주의 벌판을 어찌 달릴 수 있단 말이냐?" -「허생전」

연암이 볼 때 당시의 양반들은 제 말도 아닌 성현들의 말을 끌어다 붙이고 성인군자 행세를 하면서 막상 뒤에서는 온갖 파렴치한 짓들을 마다하지 않습니다. 이를 범의 입으로 꾸짖고 있습니다. 「호질」에서 범 앞에 엎드려 손발을 싹싹 비는 북곽선생이 때마침 밭을 갈러 나온 농부의 눈에 띄자, 시치미를 떼며 "하늘이 높다 해도 머리를 아니 숙일 수 없고, 땅이 두텁다 해도 조심스럽게 딛지 않을 수 없다."는 시경의 구절로 얼버무리는 장면은, 난세를 당해서도 눈치만 살피며 곡학아세하던 당시의 유학자들을 통렬히 풍자하는 장면이라 하겠습니다.

양반의 직함을 돈으로 사고파는 지경에 이르면서도 여전히 붓으로 서로를 모함하며 죽이는 당파 싸움에만 빠져 있던 당시의 사대부들을 범을 내세워 꼬집는 장면 또한 통쾌하기 그지없습니다.

"이러고도 그 못된 짓거리가 성에 안 차는지, 보드라운 털을 빨아서 아교를 붙여 붓이라는 걸 만들어 냈다. 끝이 대추씨처럼 뾰족하고 길이는 한 치도 못 되건만, 이 털 뭉치를 오징어 먹물처럼 시커먼 데다 적셔서 가로로 치고 세로로 찔러 댄단 말이다. 구불텅한 것은 세모창 같고, 날카롭기는 칼날 같으며, 두 갈래로 갈라진 것은 가장귀창 같고, 곧게 벋은 것은 화살 같고, 팽팽한 것은 활 같아서 이 무기를 한 번 휘두르면 온갖 귀신들이 오밤중에 울부짖을 지경이다. 서로 잡아먹는 끔찍한 짓으로 사람이란 것들보다 더한 놈이 어디 또 있겠느냐." -「호질」

당시의 그릇된 풍습에 대한 쇄신과 현실에 맞는 습속의 변화를 주장한 연암은 한 번 결혼하면 남편이 죽어도 혼자서 살아야 한다는 열녀의 미덕마저 다시 생각합니다. 「열녀함양박씨전」을 써서, 당시 지나치게 과장된 열녀 칭송으로 말미암아 이런 비극적인 삶을 살아가야 하는 부녀자들에 대한 안타까움을 토로하였습니다.

오늘날의 과부란 과부는 죄다 옛날로 치면 열녀들이다. 농촌의 나이 어린 아낙이든, 도회지의 젊은 과부들이든 친정 부모가 억지로 다시 시집을 보내려 하는 것도 아니고, 자손의 벼슬길이 막히게 된 것도 아닌데도, 혼자 과부로 살아가는 것만으로는 깨끗이 절개를 지킨다 하기에는 부족하다고 여기게 되었다. 그래서 대낮의 촛불처럼 무의미한 인생을 스스로 끝내 버린다. 그저 남편 곁에 묻히기를 바란다. 물에 빠져 죽거나, 불 속에 몸을 던지고, 독약을 마시거나 목을 매다는데, 그렇게 저승길 가는 것을 마치 극락이라도 가듯 한다. 열녀는 열녀지만 어찌 지나치다 하지 않겠는가! -「열녀함양박씨전」

시장통에서 떠드는 서민의 소리를 그대로 적은 글

끝으로 연암의 소설들에서 눈여겨볼 점은 문체입니다. 연암은 성현들의 말씀에 바탕을 두고 써야 하던 당대의 문장에서 벗어나, 장바닥의 장사치나 서민이 쓰는 말들을 그대로 담아낸 문장을 쓰고 있습니다. 『시경』, 『서경』, 『주역』, 『예기』, 『맹자』나 『대학』 같은 경전들을 일부 인용하고 있기는 하지만, 그 문구들을 하늘처럼 떠받드는 척하면서 실상은 그릇된 양반 세도가들의 허세와 위선을 꼬집는 데에 쓰고 있습니다.

연암의 소설에 쓰인 문체들은 실제 생활에서 나는 소리며, 맛이며, 냄새를 숨김없이 담아내고 있으며, 무엇보다 구체적인 묘사가 세밀하여 눈앞에서 그 장면을 만나는 듯합니다.

밥보다 국을 먼저 먹지 말고, 쩝쩝거리며 소리 내어 마시지 말고, 젓가락으로 방아를 찧지 말고, 생파를 먹지 말고, 술 마시고 나서 수염을 빨지 말고, 담배를 피울 때는 볼이 움푹 패도록 빨지 말고, 분이 치밀어도 아내를 때리지 말고, 화가 난다고 그릇을 차지 말며, 애들에게 주먹질을 하지 말고, 종에게 '나가 뒈져라.' 하고 나무라지 말고, 소나 말을 꾸짖을 때 그놈 판 주인까지 싸잡아 욕하지 말고, 병났다고 무당을 불러 굿하지 말고…… ─「양반전」

"입 속 밥알이 벌 날듯이 튀고, 갓끈이 썩은 새끼처럼 툭툭 끊어질 만큼 웃음을 터뜨리겠지요." ─「호질」

적어도 글이라면 성현들의 말씀을 옮기거나 그것을 풀이하는 것이 옳은 것인 줄로만 여기던 당시의 양반들이 이처럼 속되고 상민들이 쓰는 말로 자신들을 빗대어 빈정거리는 연암의 문체를 좋게 볼 리가 만무합니다.

　그러나 젊은 선비들은 연암의 새로운 문체에 환호하며 그의 주변에 모여들었고, 그의 영향을 받아 현실에서 글감을 찾아 거리에서 주고받는 이야기들을 그대로 담아내는 글들을 짓게 됩니다. 그에게 글을 익히던 젊은 선비 이서구는 자신의 새로운 문체에 대해 주변 사람들이 보내는 비난의 목소리를 이렇게 하소연하고 있습니다.

　"저는 글을 짓기 시작한 지 고작 몇 해입니다만, 남의 노여움을 많이 사고 있습니다. 새로운 말이 한 마디 들어 있거나 조금 이상한 글자 한 자만 들어 있어도 이내 이런 것이 옛글에 있었는지를 물어 옵니다. 없다고 하면 당장 낯빛이 변하여 어째서 네 마음대로 이런 짓을 할 수 있느냐고 따지니, 옛날부터 있는 것이어야만 한다면 제가 새로 쓸 글이란 무엇이 있겠습니까?"

　문체는 세상을 바라보는 작가의 눈입니다. 무엇보다 연암은 당시 조선이라는 나라에서 필요한 것은 현실의 생활에 실질적으로 도움이 되는 글과 학문이라 생각했습니다. 그렇기 때문에 그는 거리의 사람들이 주고받는 말들과 습속을 그대로 담아내는 글을 쓰려고 노력했습니다.

　이에 대해 그를 아끼던 정조마저 꾸짖고 나서게 됩니다. 정조는 1792년 무렵에 젊은 선비들 사이에 유행하던 짧은 소설의 문체가 정통 고문의 틀을 어지럽힌다고 여겨, '잡문체'를 쓰는 이들에게 반성문을 쓰게 했습니다. 또한 사람의 마음을 어지럽히는 이런 문체가 널리 퍼져 나가게 된 것은 모두 박지원 탓이라고 지목했지요.

정조가 이렇게 연암을 비난한 까닭은 고문을 숭앙하는 글쓰기를 고집해 왕권을 강화하려는 까닭도 있었지만, 무엇보다 당시 양반 권력층을 풍자하고 비판한 연암을 미워하는 세도가들이 그를 공격하기 전에 먼저 손을 써서 근신하고 경계하도록 하여 그를 보호하려는 뜻이 많았습니다.

연암의 소설들은 서민들이 일상생활에서 쓰는 말을 그대로 문자로 옮겨 적었다는 점에서, 비록 한문으로 썼지만, 문학에서 언문일치의 기틀을 마련하였다 할 수 있습니다.

이러한 연암의 문체는 사람의 마음을 어르고 찌르는 말의 재미와 풍자만이 있는 것이 아니라 사람의 가슴을 절절히 울리는 문학적 감성 또한 뛰어났습니다. 이러한 감성이 돋보이는 글은 「열녀함양박씨전」의 한 대목에서 절정에 달합니다.

"처마 끝에 빗방울이 뚝뚝 떨어진다든지, 창에 달빛이 하얗게 어른거릴 때 오동잎 한 장이 뜰에 툭 떨어지고, 외기러기 먼 하늘로 울고 가며, 멀리서 들려오던 닭 울음소리도 끊긴 깊은 밤, 어린 종년이 세상모르고 코를 고는데, 나만 홀로 잠 못 이루는 괴로움을 누구에게 호소하겠느냐?" - 「열녀함양박씨전」

이처럼 연암 박지원의 소설은 당시 급변하는 주변 국가들의 변화에도 불구하고 여전히 고루하게 낡은 습속을 붙들고 있던 조선이라는 나라에 대해, 적극적인 변화의 목소리를 풍자와 골계의 문체로 담아내는 한편, 무너져 가는 양반 계층에 대해서는 올바른 책무를 일깨우고 반성을 촉구하는 뜻을 소설 속에 담아내고 있습니다. 그의 소설을 읽으면서 당시 사회의 형편을 가늠하는 한편, 우리 문학의 근원이라 할 수 있는 해학과 풍자의 즐거움을 느껴보기 바랍니다.

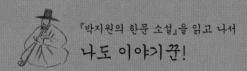

『박지원의 한문 소설』을 읽고 나서
나도 이야기꾼!

1 박지원은 아홉 편의 전(傳)을 써 '방경각외전(放瓊閣外傳)'에 묶었습니다. 그리고 스스로 서문을 적어 이 전들을 왜 썼는지를 밝혔습니다. 「예덕선생전」에는 아래처럼 적었습니다. 박지원이 다른 전은 무엇 때문에 썼을지 짐작해 보고 전마다 서문을 써 봅시다.

광문자전	
예덕선생전	선비가 배가 고파 구차해지면 행실이 어그러지는데, 엄 행수는 똥을 날라 스스로 먹을거리를 마련하니 하는 일은 더럽지만 입은 깨끗하도다. 이에 「예덕선생전」을 쓴다.
민옹전	
양반전	
김신선전	

2 연암은, 우정에 관해 깊은 사색을 많이 했습니다. 그러다 보니 자연히 당시 사람들의 사람 사귀는 모습을 심각하게 비판도 하였습니다. '예덕선생' 같은 이를 벗으로 또 스승으로 존경한다는 선귤자의 말을 여러분은 어떻게 생각하시나요? 예덕선생과 친구로 지내시렵니까? 나는 어떤 친구를 사귀어 왔는지 진지하게 적어 봅시다.

3 「양반전」, 「호질」, 「허생전」 모두 양반에 대한 가차 없는 비판이 주제입니다. 이번에 이 책을 읽으면서 새롭게 알게 된 것이나 느낀 것이 있습니까? 차분하게 적어 봅시다.

4 박지원은 자신의 글로 당시 양반들의 행태를 꼬집었습니다. 하지만 양반들에게도 변명거리는 많을 것입니다. 조선 시대 양반의 입장에서 박지원을 반박하는 글을 써 봅시다.

5 박지원은 「양반전」에서 양반을 사고파는 모습을 통해 당시의 무기력하고 무능한 양반들의 행태를 비꿉니다. 박지원이 현대 사회를 살고 있다면, 누구를 오늘날의 양반이라고 지목할지, 또 그들의 어떤 면을 어떤 식으로 비판할지 생각해 봅시다. 날카롭게 한번 써 볼까요?

6 박지원은 개성에 살고 있을 때 자신을 찾아온 선비들을 가르쳤는데, 그 가운데 한 사람인 이현겸(李賢謙)이 이런 말을 했다고 합니다. "우리 고을 선비들이 무지해서 경전과 역사책을 제대로 알지 못했지요. 선생님께 배

우고서야 비로소 과거 공부 위에 문장 공부가 있고, 문장 공부 위에 학문이 있으며, 학문은 글을 끊어 읽거나 글을 해석하는 것만으로는 될 수 없다는 사실을 알게 되었습니다." 이 말을 듣고 박지원은 이렇게 대답했다고 합니다. "자네들이 부지런히 책을 읽지 않는 것은 아니지만, 글의 뜻과 이치를 깊이 파고들지 못하는 것은 평소 과거 시험의 글을 익히던 버릇이 있어 사색하지 않기 때문이네." 박지원의 말을 오늘날 여러분이 공부하는 모습에 적용시켜 보고, 여러분의 공부법에는 어떤 장단점이 있는지 말해 봅시다.

7 「열녀함양박씨전」에는 평생을 수절하며 산 어느 어머니의 이야기와 남편 될 사람이 중한 병이 들었다는 소문을 듣고서도 이미 정해진 것이라며 결혼했다가 결국 남편이 죽자 자신도 자결한 박씨의 이야기가 나옵니다. 오늘날의 결혼 모습과 비교해 보고, 절개가 무엇이고, 수절한다는 게 무엇인지 짚어 볼까요?

8 박지원은 주류에서 밀려나거나 벗어난 변두리 인생들에게 관심이 몹시 컸습니다. 애정도 깊었습니다. 여러분은, '꼭 잘난 인물은 아니지만 정직하고 아름다운 사람'을 글감으로 해서 소설을 쓴다면, 누구를 주인공으로 삼고 싶은가요? 한 반 친구들과도 이야기 나누어 보세요.

'이야기 속 이야기'의 내용을 더 알고 싶다면?

「나의 아버지 박지원」, 박종채 씀·박희병 옮김, 돌베개, 1998

「연암 박지원」, 출판기획부, 거송미디어, 2004

「연암 박지원과 열하를 가다」, 최정동, 푸른역사, 2005

「열녀의 탄생」, 강명관, 돌베개, 2009

「열하일기, 웃음과 역설의 유쾌한 시공간」, 고미숙, 그린비, 2003

「조선 시대 사람들은 어떻게 살았을까」, 한국역사연구회, 청년사, 2005

「조선 양반의 일생」, 규장각한국학연구원, 글항아리, 2009